品味苏州

朱海明 编著

苏州新闻出版集团
古吴轩出版社

图书在版编目（CIP）数据

品味苏州 / 朱海明编著. -- 苏州 : 古吴轩出版社, 2024.1
ISBN 978-7-5546-2274-2

Ⅰ. ①品… Ⅱ. ①朱… Ⅲ. ①散文集－中国－当代 Ⅳ. ①I267

中国国家版本馆CIP数据核字(2024)第005227号

责任编辑：徐小良
责任校对：周　娇
封面设计：杨　洁
责任照排：徐小良　杨　洁

书　　名：品味苏州
编　　著：朱海明
出版发行：苏州新闻出版集团
古吴轩出版社
地址：苏州市八达街118号苏州新闻大厦30F
电话：0512-65233679　　邮编：215123
出 版 人：王乐飞
印　　刷：苏州市越洋印刷有限公司
开　　本：880mm×1230mm　1/32
印　　张：7
字　　数：111千字
版　　次：2024年1月第1版
印　　次：2024年1月第1次印刷
书　　号：ISBN 978-7-5546-2274-2
定　　价：128.00元

朱海明简介

朱海明，1963年10月出生，苏州人，本科学历。1981年11月入伍，曾5次荣立三等功。江苏省作家协会会员，中国散文学会会员。

先后出版散文集《我也是海》《苏州，你走远了吗》、报告文学集《为奋斗而歌》《在江南》、文化研究专著《书影苏州》《典籍苏州海明藏本》《风情民国老期刊》《发现她们》等8部。在《人民日报》（海外版）等中央级报刊发表文章1000多篇。长篇散文《乡村纪事》发表于《美文》2014年12期，散文《木园堂》被选入江苏凤凰文艺出版社《苏州散文选（1996—2013）》。

《品味苏州》序——

彰显当代苏州文化价值

明清时期，苏州是江南繁华城市，尤其阊门内外，店肆鳞次栉比。清康熙时人孙嘉淦《南游记》说：“阊门内外，居货山积，行人水流，列肆招牌，灿若云锦，语其繁华，都门不逮。”但明代的商肆字号，留下的不多，仅知有陆花靴、孙春阳、汪益美等寥寥数家。

民国年间，苏州的著名字号又有了变化，周振鹤《苏州风俗·物产》附录“商店有名出品”介绍说：

> 一，采芝斋：西瓜子，粽子糖。二，稻香村：月饼。三，叶受和：方饼，黄扦糕。四，陆稿荐：酱肉，酱鸭。五，生春阳：火腿。六，温大成：小米籽糖。七，文魁斋：梨膏糖。八，詹大有：墨。九，桂林堂：水笔。十，二林堂：旱笔。十一，月中桂：香粉。十二，毛恒风：

扇子。十三，老德和：羊肉。十四，野荸荠：麻酥糖。十五，观振兴：蹄膀面。十六，雷允上：六神丸（专销日本），痧药。十七，沐泰山：眼药。十八，顾得其：乳腐。十九，杨三溢：人参。二十，张小全：剪刀。二一，马敦和：帽子。二二，恒孚：金饰。二三，西兴盛：鼻烟。二四，松鹤楼：卤鸭面。二五，老丹凤：小羊面。二六，普济堂：痡积药饼，蓬条。二七，吴世美：茶叶。二八，张祥丰：蜜饯。二九，元章：野味。三十，鲍三阳（已闭多年）：大炸蟹。三一，潘所宜：豆腐干（别名素鸡）。三二，同丰润：酱油。三三，三清殿：洋画张。三四，三万昌：橄榄茶。三五，黄天源：糖烧番薯，猪油年糕。

这当然是远不全面的，只是举例而已。凡商人开设店肆，都很重视字号，不但寓意要吉祥，而且用字要通俗，大多数人认识，读来要顺口，这是我国商业的传统。

苏州当代文人中，写苏州饮食之美的作家不少，周瘦鹃、范烟桥、陆文夫、范小青、陶文瑜、叶正亭、华永根等都有经典的名篇问世。

海明与我相识还是在1995年的时候，当时他刚从部队转业回来，是电台的一名记者。他出色的口才和优秀的文笔，以及踏实的作风，给我留下了深刻印象。由此为起点，我俩有了近 30 年的友情。

海明太能干，不但能写，而且善经营，会管理。海明近 30 年，确实让我刮目相看：从电台记者到东吴中心影视部主任、东吴有视有线电视台总监，再创办海影文化传媒有限公司，与人合股创办阳澄湖大闸蟹养殖基地，干一行，像一行，成一行。他还成为了作家、收藏家。值得指出的是，他的江南文化体系的收藏，在苏州，在这一行业板块是属于第一的。作为一个农家子弟，他太不容易了；作为一个老苏州，我由衷对海明的人生发出赞叹！

当海明老弟把一叠书稿捧给我让我写序时，出于友情也好，职责也罢，我是不好推辞的。我更为我们苏州老字号的熠熠生辉而自豪。这些书中的老字号，就是苏州历史的包浆，就如同拙政园里文徵明手植的那株岁岁开花的紫藤。

是的，这就是苏州。

这里有着一个江南梦。

这里还有着海明《品味苏州》中的老字号，有得月楼、采芝斋、黄天源、甪直酱品厂，有石家饭店鲃肺汤、朱新年汤团、津津豆腐干、苏太猪肉、金蟹宝大闸蟹、桂香村大方糕、马建丰羊肉、碧螺牌碧螺春，还有东山雕花楼，等等。他们为苏州腾飞贡献着自己的力量。

这就是苏州，有时间一定要来苏州看一看，尝一尝，品一品。

是为序。

苏州市老字号协会会长

储敏慧

2023 年 12 月 4 日

目　录

爱上苏州的一个理由——石家饭店

常有人说，爱上一座城，文化的力量往往远胜于其他。相比“雅韵江南”“文论江南”“丝韵江南”“多彩江南”“乐游江南”等“最江南”的主题，我觉得，木渎的石家饭店应该是爱上苏州的一个理由。锦绣江南，苏州自然是最能代表的。苏州地处江南核心区域，历经2500多年沧桑的苏州城，至今仍然保持着“水陆并行、河街相邻”的双棋盘格局和“小桥流水、粉墙瓦黛”的江南风貌。苏州承载着人们对江南最美好的记忆与想象，是江南文化的重要发源地，也是“最江南”的文化名城，而木渎有着“一座苏州城，精华在木渎”之说。借用一句话：如果说苏州是人们心目中的一方诗意哀愁，木渎是最优雅、婉转的部分，那么石家饭店无疑是这典雅章回的叙述者、书写者。是啊，石家饭店岂止鲃肺汤的盛赞，更是作为江南文化的经典形象深入人心。

木渎石家饭店

我是苏州人，石家饭店对我来说并不陌生，董事长袁永芳是我的好友。石家饭店在袁永芳的旗下后，方方面面是那样值得称道。如今的石家饭店位于木渎灵岩山脚下，灵岩山上有春秋时期吴国吴王宫殿的遗迹，当年为美女西施建造的浣花池、玩月池、琴台等犹在。游客下山就可看见石家饭店的飞檐翘角。走进石家饭店大门，首先扑入眼帘的是左右两根大立柱上由费孝通题写的“名满江南，肺腑之味”8个金光闪闪的行书大字。值班经理面色平和，不急不忙穿梭在桌子与桌子之间，恰到好处应酬着客人。

有人说，乾隆皇帝6次来过的地方，必定掌声连连；还有人说，凤凰展翅的地方，必定是鹏程万里。木渎，吴中区一个重镇，天平山上枫叶中的范公祠堂依旧吟诵着“先天下之忧而忧，后天下之乐而乐”；灵岩山上，成就霸业的吴王和美女西施的宫殿至今依稀可辨。岁月不会轻描淡写，木渎严家花园窸窸窣窣的声音还没远去太久，那受慈禧重奖的刺绣大师沈寿的故居在等着谁……

其实，更值得一说的是木渎石家饭店的鲃肺汤。

石家饭店鲃肺汤

据石家饭店提供的资料：鲃肺汤，原称斑肝汤。其为石家饭店十大名菜之一，也是苏州传统名菜。鲃鱼，太湖水域特产，状似河豚，但头大，背部呈青灰色且有斑点，又称“斑鱼”。受惊后腹部会鼓起如球，俗称“泡泡鱼”。鲃鱼身长一般 10 厘米左右，肉质细嫩鲜美，尤其取肝做汤，实为佳肴。鲃鱼肝、火腿丝、青菜心等经精心烹饪，鱼肝金黄鲜嫩，入口即化；鱼汤鲜美，菜心碧绿。众所周知，“鲃肺汤”名称的来历，与于右任先生有不解之缘。相传大约 1929 年，他同友人在木渎石家饭店用餐，对斑肝汤大加赞赏，即席赋诗中有“多谢石家鲃肺汤”一句。李根源先生还特意为石家饭店题

鲃鱼

石家饭店内景

写了“鲃肺汤馆”四字。鲃鱼季节性很强，每年 8 至 10 月上市，因此有“秋时享福吃斑肝”的苏谚。

如今，石家饭店的掌门人是杭州人袁永芳。这位在 20 世纪 90 年代就被评为国家级的烹饪大师，为江南文化奏出了饮食界的强音。一是做精做强十大名菜，二是做精做专苏帮菜，三是结合海鲜，四是人性化菜单式经营婚庆宴会市场。这就是袁永芳的经营思路。我们透过一个文化符记，看到了江南文化的巨大力量。目前，石家

石家饭店大厅（一）

饭店有大型、中型、小型各类宴会厅，配有 LED 显示屏、投影仪、音响、舞台灯光组合等，适用于大中小型婚宴、满月宴，公司会务、年终“尾牙”，新闻发布、产品展示，以及文艺演出等。其中几个主要宴会厅：国宴厅，能容纳 108 桌；天平厅，能容纳 60 桌；山水厅，能容纳 45 桌；穹窿厅，能容纳 25 桌；牡丹亭，能容纳 10 桌。

古典今事，融为一炉。我多年前曾在石家饭店招待

石家饭店大厅（二）

过战友们。当鲃肺汤上桌，我倒不好意思介绍，因为鲃肺汤的故事太长太长，说起来，难免会给客人夸夸其谈的不适感。我想，不说，才是最合适的。

据说，乾隆皇帝也来过石家饭店。而到了民国的时候，很多社会政要和名流都到石家饭店吃过饭。就连旧上海的黄金荣、杜月笙每年游太湖，都要光顾石家饭店。著名京剧表演艺术家盖叫天、周信芳，著名画家张大千等，也都曾来店用餐。据载，李根源在苏州寓居时，为石家饭店题写了4块店招匾额。之后，叶恭绰、邵元冲分别题了词。于右任写下的“名满江南”4个古朴遒劲的大字，被制成青龙招牌，竖于柜台上，石家饭店风靡一时。

年年岁岁，岁岁年年，一代代风流名士慕名而来。无论谁来，石家饭店都是本色不变，永远讲究质量。袁永芳认真地说：“这个品牌是属于人民的，我的主要责任是不忘初心，推陈出新。”当代著名作家范小青著文评点石家饭店：“近些年，又在苏州城里开出了连锁店，最洋气最现代的金鸡湖李公堤那里，也有了石家饭店。只是，无论石家饭店开在什么地方，石家菜的苏州味道，是不会改变的。”

光阴不语，年华如水。袁永芳“在热爱中坚守，在笃行中致远，在万物安生中，遇见美好，遇见花开，遇见最好的时光”，遇见更好的自己。他一直引用一句优美的话说：“只管前行，莫问归期；凡为经历，皆是馈赠；心有温柔，岁月生光。”接手石家饭店后，袁永芳“搜尽奇峰打草稿”，从浙江大山中的跑山猪，到广西山林中的土鸡，他深入田野山岭，抗下所有日晒雨淋之苦。如今，他旗下石家饭店、好阳光酒店的干蒸草鸡，

石家饭店掌门人袁永芳

每月售出 1000 只，已成为一道最受欢迎的佳肴；炖制 4 个小时的老母鸡汤，汤色清淡，添入一撮碧绿柔嫩的纯菜茎，这样的鸡汤，唇齿留味，鲜嫩奇香。

“城市文化的品牌、文旅融合的典范、城市形象的名片”，石家饭店，当是江南文化的一扇窗，当是爱上苏州的一个理由。

苏太赞

朋友，你知道什么才是苏州人真正的福气吗?

当《枫桥夜泊》和着苏州园林，托起虎丘塔，在“梦里水乡”的云雾缥缈中露出俊秀淡妆，你一定会说，生活在苏州，这是何等诗意的幸福。

丝为华装，看着姑苏绣娘们美不胜收的苏绣，你一定会说，“手工艺与民间艺术之都”名不虚传。

太湖、阳澄湖等近百个湖泊，让苏州成为了东方水城。丰饶的物产和天堂般的风景，一大半都给了苏州。你一定会说，那是上天的恩赐；应该说，其实是苏州人的智慧和勤劳，如水的性格，温柔的内心，苏州淬炼匠心已经几千年。

兵家至圣孙武，先忧后乐范仲淹，香山帮鼻祖蒯祥，思想家顾炎武，状元之乡……苏州文化深厚绵长。一直以来，苏州都是富庶之地，经济发达，物产丰足。

苏太企业有限公司桃源基地

其实，你不知道的是，苏州还拥有一个“国宝”——苏太猪。

是啊，民以食为天，百菜肉为先。

在苏浙交界处的桃源镇，有一座苏式建筑依河而建，白墙灰瓦，乍看以为是度假山庄，其实这是一家现代化智能养殖场——苏太企业有限公司桃源基地。

陶渊明的《桃花源记》这样写道：“土地平旷，屋舍俨然，有良田、美池、桑竹之属。阡陌交通，鸡犬相闻。”古人理想中的桃源已不可寻，但如今的苏太桃源基地，阡陌交通，环境优美。现代化田园式的养殖企业，不正是人们心中的新桃源？

据苏太企业有限公司负责人介绍：1984年，苏州苏太企业有限公司苏太猪育种中心前身——苏州太湖猪育种中心成立。1986年起，中心就承担国家“七五”“八五”“九五”科技攻关项目，以太湖猪为基础母本，经过13年8个世代选育，培育出新的猪种——苏太猪。苏太猪保持了太湖猪的高繁殖性以及肉质鲜

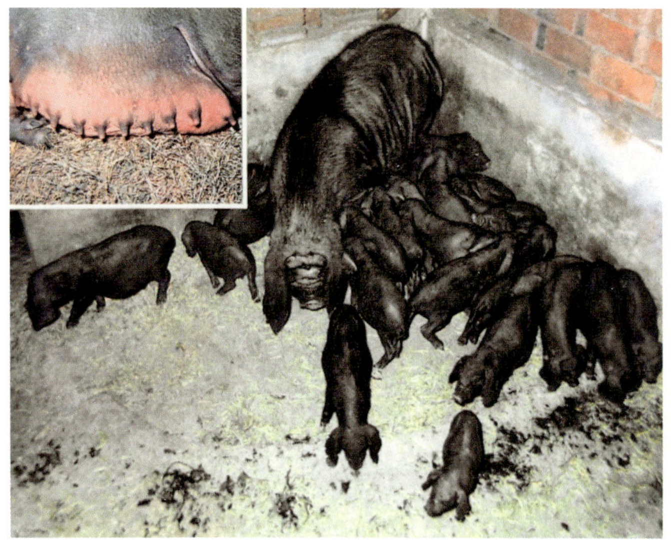

太湖猪

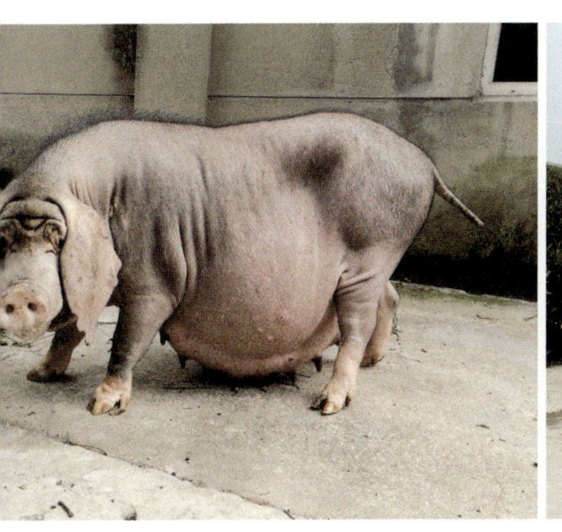

苏太猪

美、适应性强等优点，生长速度快，瘦肉率高，是瘦肉型商品猪的理想母本之一。1995年通过科技成果鉴定，1999年通过国家畜禽品种审定委员会的新品种审定。苏太猪作为科技成果先后获评国家科技进步二等奖，原国家计委、科委、财政部联合颁发的重大科技成果奖，原农业部科技进步一等奖，江苏省农业技术推广一等奖，苏州市科技进步一等奖等。

苏太企业有限公司总经理汪琛芳介绍说："苏州苏太企业有限公司是由原苏州苏太（集团）公司、苏太猪育种中心等单位转制组建而成的农业集团企业，是江苏省农业产业化经营重点龙头企业和苏州市十佳龙头企业。

苏太猪原种场被原农业部授予重点种畜禽场、江苏省猪种质资源基因库称号。公司围绕苏太猪产业化，多年来，在全省建立了一级原种场、二级扩繁场、三级生产场的产业化生产体系。通过公司加基地的生产经营模式，建立了苏太猪种苗、饲养、加工、销售一条龙的无公害苏太猪肉生产体系。公司建有单班年屠宰加工10万头以上苏太猪的冷却肉生产流水线，并形成分割小包装。公司已在苏州大市范围设置40多家苏太猪肉专卖店，形成了拥有自主知识产权的‘苏太’商品猪肉自产、自宰、自售的一条龙产业化体系。公司被苏州市委、市政府评为

“苏太”品牌猪肉专卖店

“苏太”品牌猪肉

‘十佳农业产业化龙头企业’。2005 年被当时江苏省农林厅评为‘农业项目建设先进集体’。‘苏太’猪肉产品，是苏州市区市场唯一获得无公害产品证书的猪肉，已成为苏州市重点产品、江苏省产品，也是深受苏州市民欢迎的第一品牌猪肉。”

这是新时代家国情怀的范本，这是生命的底色。

如今的苏太企业有限公司在总经理汪琛芳的率领下，在苏州农发集团正确领导下，向着一种刚柔相济的境界而发展。

从尊重出发，用理解沟通，守护底线，强化效益，是苏太管理者的共识，是每一位苏太人受到尊重的前提。每一颗水滴都折射着自己独特的光芒。“异中求同”的协作，“求同存异”的沟通，是苏太企业人性化管理的张力。效益优先，质量为本，苏太注重的是成果的价值。汹涌澎湃的管理意识如打开了水库的闸门，改革创新之水滚滚而出。

苏太企业走上了智能化发展路线，新基地运用先进化设施、设备以及智能化生产、管理系统，达到现代化、智能化、自动化、生态化标准。在环境智能控制上，猪舍内的温湿度及通风情况全程智能控制，配备排放空气自动除臭系统。在自动饲喂控制上，设立中央厨房自动向猪舍定时定量供料。在粪污收集封闭运行上，干粪进入发酵罐经无害化处理后用作有机肥料，污水进入深化处理装置，达标尾水进入市政污水管网。在生物安全管理上，设立车辆入场消毒中心、员工归场隔离消毒设施。在远程智能监控上，利用“物联网 +”技术，实现远程操控，并建设屋面光伏发电设施。

苏太猪每一只都是黑毛猪，目前年出栏 2 万头，以专卖店经销模式向苏州全市市民供应。其肉质品牌特色

现代化、智能化、自动化、生态化的苏太企业

鲜明。老少皆知的苏州著名的长发月饼，每年销售量达1000多万只，采用的全部是苏太猪肉。笔者曾将苏太猪肉以冷链形式馈赠外地亲戚，那是亲戚母亲住院的日子，当炖好的五花肉在病房打开，香味竟然把整个一层的病

房都惊艳到了。要说价格，还是特别公道的。

当今的苏州，清晨的家还是格外安静，热闹的是集市，苏太猪肉专卖店前更是人头攒动。有人说这是江南心灵奏出的美妙音符，也正如著名电视制片人刘郎在为《苏园六纪》撰写的苏州园林解说词中所说："雕几块中国的花窗，框起这天人合一的融洽；构一道东方的长廊，连接那历史文化的深透。是一曲绵延的姑苏咏唱，吟唱得这样风风雅雅"。

吴门烟水，花光水影，岁月章回，这是一首民生情怀的苏太赞歌。

一壶天堂水　最是金蟹宝

阳澄湖大闸蟹历史悠久。据称，中国有三大古名蟹，而阳澄湖大闸蟹是唯一存留的幸运儿，如今更是成为苏州鱼米之乡的一个象征。

阳澄湖的美丽，在每一个秋高气爽的季节。在每一年大闸蟹成熟的时辰，在众多的阳澄湖大闸蟹品牌中，有一个金蟹宝的品牌，格外受人欢迎。这时候，这些金爪、黄毛、白肚、青壳，能在玻璃上八足挺立、双螯腾空的大闸蟹，背体都是淡淡的天青色。当沐浴了热雾的蒸腾，打开熟透的大闸蟹蟹壳，黄得通透、黄得醇柔的膏脂，就像那些记载着阳澄湖历史的书页。

的确，我们的阳澄湖，千年岁月，雨雪阴晴，一切都写在了这些史册之中。在这些书页里，该有多少我们家乡的掌故啊！陆福民的金蟹宝，更犹如天地造物，让每一个生命都含有了各自的禀赋，而这种生灵不辜负每一寸心的滋养，更珍惜了适时的机会，将自己的禀赋作堪称极致的发挥，肥腴绵润的蟹黄蟹膏像爆发的岩浆。

陆福民的金蟹宝蟹业有限公司有着自己辽阔的水

金蟹宝阳澄湖大闸蟹（一）

面；不像有些蟹业公司，没有一寸自己的水面，以“公司 + 农户”的模式，打着阳澄湖的招牌，卖着外地蟹和稻田蟹。据苏州市农业农村局公布的数据，2022 年阳澄湖大闸蟹湖区围网养殖面积 1.6 万亩，产量 1500 吨左右；高标准池塘改造养殖面积 7.2 万亩，产量 7900 吨左右。严格来说，阳澄湖地域的塘蟹，不应属于阳澄湖大闸蟹

阳澄湖金蟹宝养殖水域

范畴。即使真正的阳澄湖大闸蟹，是否用心哺育，其品质也有天壤之别。陆福民有着难能可贵的匠心，他说："贵在管理和治理，有了匠心就会勤快，大闸蟹就会如初生的婴儿那样在精心哺育下成长。"

比如说水面的浮萍，是生长极快的水生植物，一晚上往往就能以 1:8 的比例增倍生长。这对于我们水乡成长的人来说不陌生，但这东西有着水生生物毒素，必须尽快清理。

金蟹宝这片水域就不一样，不但用人日夜照看守护，陆福民每天也要去湖里巡视几次。为不受周围水质影响，

阳澄湖大闸蟹金蟹宝品牌礼盒

金蟹宝阳澄湖大闸蟹（二）

他在湖底的四周布置了生态净化装置，这就很了不得，大闸蟹就如在纯净水中生长。

他深刻认识到，科学养殖是何等重要。阳澄湖大闸蟹的养殖，需要改底、养草，需要不同季节针对性解决不同的问题。18 个月，一路精心、小心翼翼伺候，才能让大闸蟹生长壮大，也才能让消费者放心！

陆福民平静而又忙碌，低调而又辛勤。当阳澄湖大闸蟹经历 5 次脱壳后，是那样充满活力、饱满肥美，蟹膏甘甜黏稠，蟹黄细腻金黄。尝过他养的蟹，即使过了一年，那去年蟹季的味道也仿佛就在昨天，唇齿之间还余留有那蟹膏的香气。

是啊，那专属于阳澄湖大闸蟹的丝丝甜味之长，长得就像苏州古城的历史，从伍子胥筑姑苏城到虎丘塔奠基，从苏州八城门竣工到寒山寺落成，在一年年晨雾夕阳之中，不绝如缕。

作为远近闻名的阳澄湖“美人腿”，湖周围生养了

朱海明（左）与陆福民（右）在阳澄湖金蟹宝养殖基地

多少大闸蟹已经没法历数，只记得在我们的乡邦文献里，有着这样的记载：阳澄湖中岛又称“美人腿”。从空中俯瞰，恰似一位佳人穿着高跟鞋的纤纤玉腿，伸入阳澄湖的万顷碧波之中。“美人腿”全长12公里，由北向南，连接起阳澄湖镇、阳澄湖度假区和园区。过了园区星湖街，进入澄林路，就算是进入“美人腿”了。春日里的“美人腿”处处是花，满眼是景，粉红的是海棠，洁白的是梨花，艳红的是紫荆，点缀在遍地明黄色的油菜花中，掩映着粉墙黛瓦的农家。“没有到过‘美人腿’，就没有来过阳澄湖！”

金蟹宝阳澄湖大闸蟹（三）

一方水土养一方好蟹。湖水水质从根本上决定着大闸蟹的质量。陆福民的这片阳澄湖水体清澈，透明度高，富含各种矿物质，是生态“绿地”。阳澄湖偏碱性水质，使得大闸蟹们不需要“穿”很硬很厚的壳来对抗酸性水体的腐蚀，本来用于长壳的营养成分可以更多地长在蟹肉中。正如弱碱性水有点甜一般，生活在这里的阳澄湖大闸蟹蟹肉也是带有丝丝甜味的，这也是专属于阳澄湖蟹的魅力。

三分靠天七分靠养。精选天然饲料，均衡营养配比。投喂优质高蛋白饲料，定时定量精准投喂，虽然成本增加，但是大闸蟹的个头、品质得到了保障。这使得金蟹宝大闸蟹的体格、色泽、口感、肉质等，能够区别于普通湖蟹。住得好、吃得更好的阳澄湖金蟹宝大闸蟹，从出生到成年，要养足18个月，才能攒够鲜嫩肥美的滋味。

陆福民还有自己专业的澄立净生物有限公司，专门进行生物底改、调水、水质检测的科研人员也时刻关注着水域情况和大闸蟹生长情况，做好养殖记录，从而调整次日投喂计划，及时处理残余饲料或是衰败的水草；关注水域湖水的含氧量，增加钙质，为大闸蟹的生长和顺利蜕壳营造一个舒适环境。

其实，曾寓居阳澄湖的唐代诗人李白，早在1000

金蟹宝阳澄湖大闸蟹（四）

多年前就写下过对阳澄湖大闸蟹的咏唱："蟹螯即金液，糟丘是蓬莱。且须饮美酒，乘月醉高台。"这充满田园情趣的诗篇，正是阳澄湖一代代养蟹人家繁忙劳作的写照。养蟹之乡，繁忙的景象，真是一幅鲜活的渔织图啊！"蟹螯暂擘馋涎堕，渌酒初倾老眼明。"宋代诗人陆游的意思就是：刚动手擘开肥蟹，馋得口水淌了下来；持螯把酒，昏花的老眼也亮了起来。

古镇幽巷凝结着千年岁月，桑田静好守护着美丽水乡。阳澄湖留给无数远人以思念，也吸引无数远人千万里景行。月在水中，蟹在水下，阳澄湖的"美人腿"上，和着唐宋元明清的桨声灯影，李白、颜真卿、陆游、王安石、唐寅款款而来，举杯高歌。他们沐着阳澄湖的春水，饮着阳澄美酒，听着阳澄渔歌，品着阳澄湖大闸蟹，又兴起吟阳澄、画阳澄、醉阳澄、梦阳澄的雅意。阳澄湖的水由诗句垒起，阳澄湖的美由画面铺陈，由他们托举起来的阳澄文化，成为江南文化一极，至今璀璨。

陆福民是有情怀的，他曾结业于北大、清华总裁班。苏州市公安局在他的养蟹基地开展警营开放日活动。明星温碧霞、黄一山和何赛飞等慕名前来他的蟹庄品蟹，是那样赞不绝口。浙江大学校友联谊活动，更是多次在他的蟹庄品蟹论道。

阳澄湖金蟹宝养殖基地警营开放日活动

浙江大学校友联谊活动——品蟹论道

凡是见过陆福民的人，永远都不会忘记他那一双辛劳的手，一滴滴晶莹的汗。养蟹的过程，乃是生命与生命的传递。正是有了这样的传递，一只只大闸蟹才变成了鲜美的化身，那是一朵朵人间舒爽的美食之花。一个旖旎的水乡，一个江南的古镇，一个忠厚踏实的养蟹人，就是这样以阳澄湖大闸蟹的名义，赢得了无上光荣。

陆福民的故事，其实也就是阳澄湖金蟹宝的故事。阳澄湖大闸蟹之肥美，才是阳澄湖真正的标志。阳澄湖的故事，阳澄湖的美丽，正传向天南海北。

采芝斋小记

“状元官宦触处是，举目皆为骚人客。”观前街的繁华，是流光溢彩的霓虹灯，是温糯甜香的吴侬软语，是琳琅满目的苏制糖食。

如今的观前街是老字号集聚街区，而采芝斋是其中最具有代表性的老字号之一。游人络绎不绝的观前街上，“采芝斋”三个大字古朴苍遒，富有历史感。

正如振铎先生在《黄昏的观前街》中所描述的：“茶食店里的玻璃匣，亮晶晶的在繁灯之下发光，照得匣内的茶食通明的映入行人眼里，似欲伸手招致他们去买几色苏制的糖食带回去。”走进有着百年沧桑的采芝斋，各类糖果、苏式糕点、蜜饯、炒货散发出的清香溢满了整个店铺。

在苏州，采芝斋可谓老少咸知。

早在清同治九年（1870），河南人金荫芝千里迢迢

采芝斋创始人与继承人像

来到苏州，在观前街73号原吴世兴茶叶店门口设了个糖摊。一个熬糖炉子、一个小铜锅、一方青石台、一把剪刀，这些简陋的工具就是金荫芝的全部家当了。初时，金荫芝只是卖一些自己熬制的形似粽子的“粽子糖”。要知道，小摊是极其考验手艺的。金荫芝经受住了考验，十多年后，他积聚了足够的资本，于光绪十年（1884），在其子金忆萱的帮助下，租下了观前街72号，售卖糖果、苏式糕点、炒货等。观前街72号原先是一家古董店，名叫“采芝斋”，原店主夫妇平时就与金荫芝相交甚笃。于是，夫妇在决定回宁波老家安度晚年后，便将古董店的租赁权让给了金荫芝。

租下店铺后，营业日盛一日。但不知为何，金荫芝未给店铺取新名字，于是来观前街的顾客只道：到采芝斋买糖去。于是，“采芝斋”这块金字招牌就这样顺理成章地定下了。

采芝斋靠粽子糖发家，足以说明粽子糖在当时受到苏州人的欢迎。咬下一口晶莹剔透的如同琥珀一般的粽子糖，满嘴清香。而此后采芝斋名扬天下，则不得不提起另一种苏式糖果，即“贡糖”——贝母糖。

清朝光绪年间，慈禧太后患病，然而宫内太医久治无效。苏州织造局便选派吴中名医曹沧洲进京，为太后诊脉。曹沧洲将随身携带的采芝斋的贝母糖用于助药，慈禧食后病情日渐好转。贝母糖也因此被列为贡品。

趁此之势，金荫芝在宣传上下大功夫。首先，他制作了一块四周雕有龙形的黑底金字牌子，上书“贡糖”二字，挂在店门口。苏州城里到处流传着“采芝斋秘制贡糖，治愈太后毛病”的说法。其次，他专门请画家绘制了《采芝图》作为商标。商标上一老翁手拄拐杖，上山采药，提篮中是灵芝仙草，另一老翁肩挂装着灵丹妙药的葫芦。这暗示着采芝斋的糖果、蜜饯等有药疗作用，常食有益于健康。从此，采芝斋是“半爿药材店”的说法流传于吴地。

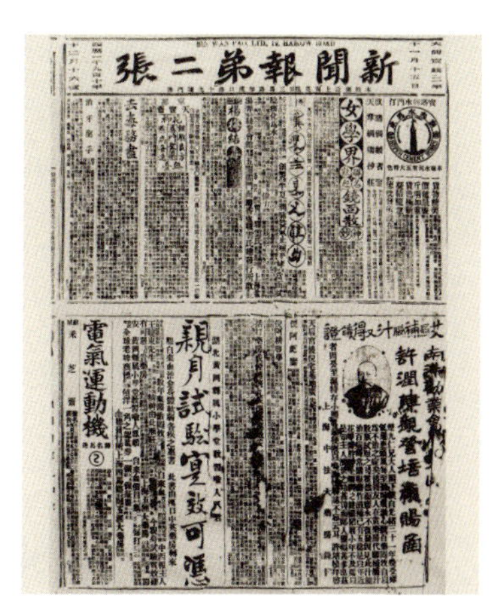
新聞報第二張

1910 年《新闻报》采芝斋广告

在金荫芝和金忆萱父子二人的不断努力下，富有民族特色和地方特色的苏式糖果名声大噪。

然而，采芝斋的发展道路并不是一帆风顺的。随着采芝斋规模日益宏大，金荫芝恐后辈为采芝斋的产权发生争执，故生前立有遗嘱，明确长孙金宜安为采芝斋经理和“采芝斋”品牌的所有者。在金宜安的用心经营下，采芝斋发展迅猛，不但在苏州本地开了分店，还在上海、常熟等地设有分店。只是，金荫芝所担心的事情还是发生了——在这一代人的手中，金宜安兄弟四人为家产而相争，最终导致采芝斋受到重创。好在金宜安的儿子金

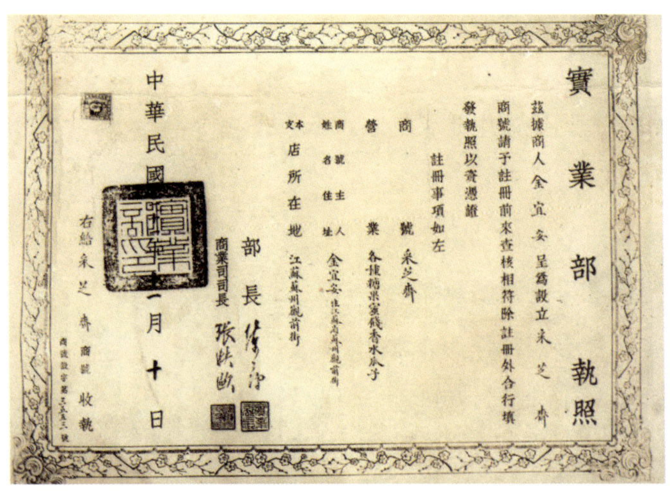
實業部執照

茲據商人金宜安呈爲設立采芝齋商號請予註冊前來查核相符除註冊外合行填發執照以資憑證

註冊事項如左

商號 采芝齋

營業 各種糖果蜜餞香水瓜子

商號主人姓名住址 金宜安

本支店所在地 江蘇蘇州觀前街

部長

商業司司長 張軼歐

中華民國　　月十日

右給采芝齋商號收執

1942 年采芝斋营业执照

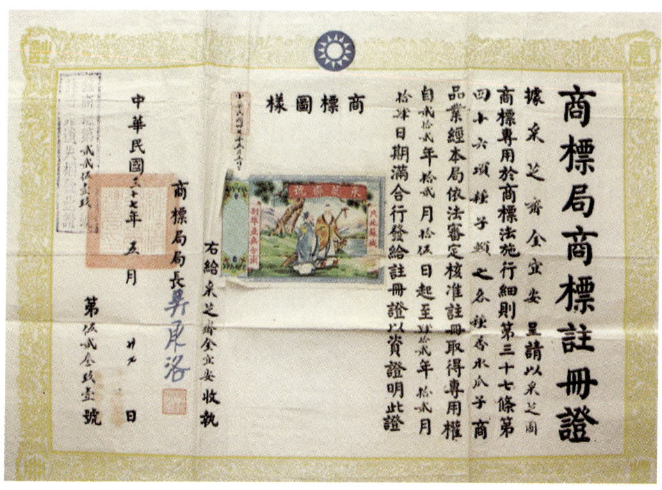
商標局商標註冊證

據采芝齋金宜安呈請以采芝圖商標專用於商標法施行細則第三十七條第四十六項種子類之各種香水瓜子商品業經本局依法審定核准註冊取得專用權自貳拾貳年拾貳月拾伍日起至肆拾貳年拾貳月拾肆日期滿合行發給註冊證以資證明此證

商標圖樣

右給采芝齋金宜安收執

商標局局長

中華民國三十七年五月 日

第 號

1948 年采芝斋注册商标

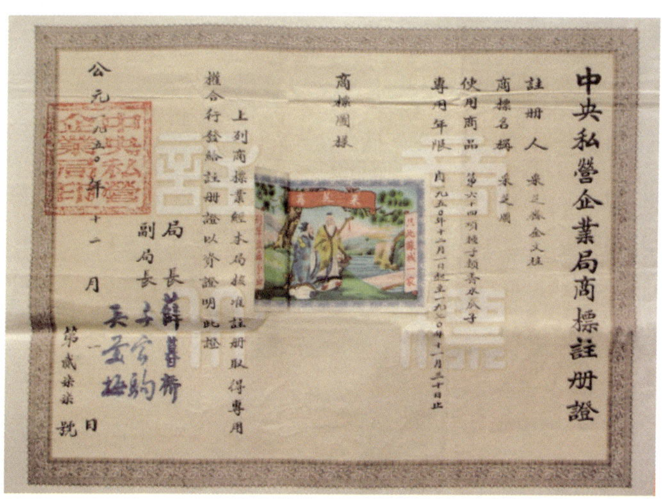
中央私營企業局商標註冊證

註冊人 采芝齋

商標名稱 采芝圖

使用商品 第六十四項種子類香水瓜子

專用年限 自一九五〇年十二月一日起至一九七〇年十一月三十日止

商標圖樣

上列商標業經本局核准註冊取得專用權合行發給註冊證以資證明此證

局長 薛暮橋

副局長

公元一九五〇年十二月 日

第 號

1950 年采芝斋注册商标

培元接手后，稳住了局面，采芝斋才重振旗鼓，店铺里再次出现了顾客川流的繁荣景象。

到20世纪80年代，采芝斋由于市场决策出现失误，盲目地跟风推出了一系列失去苏式糖果特色的产品，如西式面包、奶油蛋糕等，一度岌岌可危。

直至1997年，储敏慧接任厂长，成为采芝斋的第五代传人，采芝斋由此进入了新的发展时期。20世纪50年代至90年代，采芝斋为国有企业。而储敏慧一上任就找准了市场定位，采芝斋逐渐转制为股份制企业。我1995年认识储敏慧时，他正执掌生产津津卤汁豆腐干的老字号企业。1997年临危受命，他前往采芝斋。当时受环境影响，采芝斋处于亏损状态，迎接储敏慧的是一片衰败的景象。那几年，储敏慧操心操得头发都白了。储敏慧毕竟是个能人，而且是一个温文尔雅、有思想深度的人。他认为企业的生命在于创新，于是他重新装修门面，为了省钱，每一处细节都亲自设计并施工。二楼还设有一个苏式的采芝斋茶楼，厅堂里摆放着古老的物件，充满韵味，为顾客营造了一个古色古香的环境。储敏慧还是一个有理想、有远见卓识的人。他兢兢业业，带领采芝斋适应市场变化，还组织团队，将现代化管理融入细节，坚持脚踏实地，一步一个脚印。他是一个百

采芝斋董事长储敏慧

折不挠的人，还是一个充满着人文气息和人文关怀的人，所以采芝斋的员工都真心地敬重他。我想，这应该说是采芝斋的福分，如果四代先人们在天有灵，一定会为此而深感欣慰的。

如今，采芝斋的传统产品分为苏式糖果、苏式糕点、苏式炒货、苏式蜜饯、苏式咸味五大类，已发展到三百

采芝斋观前店

多个品种，一千多种包装。其中粽子糖、清水蜜饯、奶油瓜子、枣泥麻饼、芝麻酥糖等已成为国内外著名的苏州特产。

采芝斋的苏式糖果有天然植物香，从选料到制作，有严格的标准。原料是上等果辅料，统一进行筛选、挑拣，划分档次，投料生产，工艺精细，有着一套独特的

采芝斋店堂

操作流程。采芝斋的产品多以松仁、核桃仁、杏仁、瓜仁、芝麻等为主要原料，以天然花卉为香料，精细加工而成，讲求色、香、味、形俱全。采芝斋的苏式糖果具有浓郁的江南地方特色，这正是它能成为中式糖果中的佼佼者而驰名海内外的原因。

粽子糖是采芝斋特创的经典的苏式糖果，每一个在苏州长大的孩子的记忆里，是少不了一颗采芝斋的粽子糖的。记得储敏慧上任不久后，就率先开发了松子系列软糖，一炮打响。它的生产，不是直接用白砂糖和饴糖，而是先将白砂糖加工提浆。这样做出的粽子糖，纯度高，透明度好，吃起来香甜松软，有止咳化痰的功效。粽子糖目前有松仁、玫酱、薄荷等品种。

采芝斋的蜜饯采用的是传统做法。味美可口的白糖杨梅、青梅、话梅、九制陈皮等有健胃消食的功效。白糖杨梅是苏州采芝斋蜜饯中的明星产品，保留了原果的本色及风味，杨梅刺坚挺可见，白糖嵌于其间，清晰可辨。一口咬下，肉质细腻，口味鲜洁，具有新鲜杨梅的口感。话梅是苏式茶食中的经典产品。采芝斋的话梅风味独特，酸酸甜甜，入口满是奶油香味，故又称“奶油话梅”。九制陈皮也是苏州蜜饯的经典产品之一。它经过浸渍—烫漂—漂洗—沥干—盐

采芝斋粽子糖

渍—干燥—将甘草水、砂糖等制成原汁—闷—晾晒九道工序加工而成，口感醇厚，回味无穷，具有生津、解渴、开胃、健脾等功效。

采芝斋芝麻薄皮

苏州采芝斋通过找回特色，恢复传统优势产品，对传统绝活挖掘、恢复、开发、创新，重现昔日辉煌。现在，采芝斋每年都要对几十种传统产品进行改良，将含糖量高、热量高的传统苏式糖果改为低甜度、低热值的“益生元苏式糖果”；还推出了虾子白鱼，它的味道比虾子鲞鱼还要好。

采万物灵芝，溶百年珍味。已接任采芝斋掌门人的储一新本色依旧，在传承和创新发展的基础上开创了新的局面，把苏州软糯的文化特性诠释得淋漓尽致，使采芝斋的苏式糖果成为一种民族文化记忆。

采芝斋，香飘四海。

桂香村大方糕

“方糕，大方糕——”不知多少苏州人的童年记忆里，响着这样的吆喝声？

在姑苏城内，有一块清香扑鼻、甜肥糯松的桂香村大方糕，它不但颇受本地食客的青睐，更是来过苏州的游客们的牵挂。桂香村始创于乾隆四十年（1775），原址位于苏州市东中市都亭桥堍。中华人民共和国成立前，桂香村已是知名品牌，它的大方糕更是家喻户晓。

大方糕其实是一块雪白的糕，为何却被称为“五色大方糕”？

大方糕有六种馅料，甜味有玫瑰、百果、薄荷、芝麻、豆沙五种，咸味有鲜肉。由于大方糕皮薄馅肥，蒸熟后，黑色的芝麻馅、黄色的鲜肉馅、绿色的薄荷馅、红色的玫瑰馅、豆沙色的豆沙馅隐隐透出半透明的糕面，色彩鲜艳，因此又被称为“五色大方糕”。

桂香村大方糕

苏州人向来有清明时节吃红、绿、白三种美食的习俗。“红”指的是酱汁肉，“绿”指的是青团，“白”则是大方糕。如今，为满足人们的品尝需求，桂香村的大方糕除清明节上市外，还在中秋节前后推出一季，每季供应的时间持续两个多月。

苏州大方糕不仅好吃，还是一块有故事的糕。它和《珍珠塔》里的主人公方卿有关，可以说是一块与爱情、感恩有关的方糕，至今仍有不少老苏州称它为“珍珠塔大方糕”。《珍珠塔》的故事源于同里，写的是方卿和陈翠娥的爱情故事。方卿金榜题名后，回到苏州与陈彩娥成亲，生儿育女，很是幸福。方卿认为一切都是天意，于是在同里盖了一座望天楼，每日登楼拜天，并以糕为供品。

一日，厨师制作了几块洁白如玉的大方糕，糕上有精美的图案，图案下隐约可见不同的馅色。方卿见之又惊又喜，问厨师：“此糕是方糕吧？”厨师答道：“当然是方高（糕），大人总要比县（圆）老爷高。大人是七省巡按，县（圆）官只是七品芝麻绿豆官，方本来就高。

桂香村大方糕馅色

糕馅隐隐透出糕面

方高（糕），方永远比圆（县）高，大人家一代比一代高，代代高上去。”

在吴语中，方圆的“圆”和县官的“县”是同音，高低的“高”和糕点的“糕”是同音。厨师这番话巧妙地利用谐音，引得方卿连连说：“很好！很好！”后来方卿做寿，把家中的大方糕作为礼品赠送给亲戚、朋友。于是，这块出自方家的大方糕在苏州地区流传开来。

某个夏日清晨，我为了买桂香村的时令美食——薄荷馅大方糕，来到了位于拙政园边的桂香村。工人们正在楼上的加工车间内制作大方糕：将粳米、糯米按比例

桂香村薄荷大方糕

大方糕上模压的“桂香村”

热气腾腾的大方糕

配比后，清洗、浸泡、轧粉，再筛粉、开堂、填馅心、开面张、拍花板、切块，最后放入蒸箱，共十几道工序。从蒸箱中取出，一炉热气腾腾的大方糕便制作好了。桂香村的大方糕每块约十厘米见方，厚二厘米左右，蒸熟前外观洁白细腻，蒸熟后馅心的色彩从洁白如玉的糕面中隐隐透出，糕面上模压的“桂香村”三字清晰可见。咬一口，饼皮薄如蝉翼，香气沁人心脾，满口温润松软。苏州点心的精致尽显无遗。

桂香村的大方糕制作技艺已被列入苏州市第四批非物质文化遗产代表性项目名录。薛惠忠是大方糕制作技艺的传承人，也是桂香村的掌门人。1960 年，未满十五岁的他就进入桂香村工作，如今已年近八十，讲起桂香村大方糕的制作技艺如数家珍。

薛老先生告诉我，大方糕的原材料非常要紧，技艺再好，也要看原料。首先是米，要用新米，至少要中上

桂香村大方糕制作技艺传承人薛惠忠

等的，特别是粳米要韧性好的。其次是粉，粉要轧磨得细，要用含水量高的湿粉，这样做出来的糕就算凉了也不会发硬。此外，果料要新鲜、白净，松仁、桃仁等果料千万不能有哈喇味；还有，要用白而细的板油。简而言之，原材料特别重要。

大方糕的制作，从调粉到蒸制，每一步都需要精心对待。比如：为了让大方糕吃起来易消化、不顶食，粳米、糯米的配比要严格控制在8∶2；盛多少粉、筛粉的快慢也很重要，因为这影响大方糕的松软程度。

由于大方糕在苏州颇受欢迎，为了满足顾客需求，

桂香村传承人、总经理薛岑

糕点制作师一般提前做好各项准备工作，第二天现做。正是因为桂香村始终坚持着传统的做法，这道苏式大方糕的风味才得以保存。

令薛惠忠欣慰的是，桂香村品牌后继有人。传承人薛岑对大方糕一往情深，他始终牢记着父亲的一句话："不求多少盈利，只要踏踏实实经营，守护好这块牌子就好。"做人、做事都应该这样。

桂香村大方糕去哪里买？全苏州就两个地方：一是拙政园东侧的桂香村专卖店，二是观前街采芝斋的专卖窗口。

“马建丰”马记羊肉

青山青史入梦多，吴趋风土著清嘉。

藏书的魅力，在于每一个入冬的时节。这时候，柔软丰腴的玉脂、浅浅莹黄的汤汁，就如那些记载着藏书历史的书页。

藏书羊肉这道名肴，可追溯至南宋初年。《续资治通鉴长编》载“饮食不贵异味，御厨止用羊肉”，足见宋代之尚食羊肉。

而藏书羊肉之所以金贵，只因地处苏州西部的藏书境内。这里群山绵延，植被丰富，有着得天独厚的养羊的自然生态环境。爬坡的山羊，肉质自然无与伦比。

在吴越传说中，藏书羊肉和西施还有几分渊源。吴王夫差把西施安置在木渎灵岩山，冬日的某一天，西施透过明澈的井水发现自己的脸色有点黄，不禁唉声叹气。忧郁的美人自然格外令人心疼，吴王夫差心里那个急呀，恨不得扯下一片月亮的光辉贴上西施的脸。这时，一位大臣想到了羊脂、羊奶有“白脸”的功效，当即差人到附近的藏书羊肉店买来一大锅羊汤，请西施以此美白。没隔多久，西施竟真的再度容光焕发。自此，藏书羊肉便在吴地流行起来。

到清朝的时候，勤劳智慧的藏书人中有一对夫妻，叫马阿安、王福妹，两个人进城后，走街串巷，挑担卖起了羊肉。当时，卖羊肉的小贩以担卖或摊卖为主。直到清朝末年，苏州城里才出现了专门卖羊肉的店铺，俗称“羊作”。据史料记载，这对藏书夫妻后来在钱万里桥边开了一家羊作，店中所售羊肉洁白如膏脂，遂声名鹊起。

民国时期，进城开羊作的逐渐增多。在道前街、娄门塘等地，有“老源兴”“新德和”等颇有名气的羊肉店。而马阿安、王福妹的儿子马水才和儿媳马根宝接手的马记，在众多藏书羊肉店中声誉甚好。

中华人民共和国成立初期，羊肉店仍是个体经营；后改为大队组织经营，在苏州繁华的商业区开设了十余家集体羊肉店，店面一般沿街而设，不讲究排场，羊肉的香气从锅灶散至街坊，食客纷至沓来。“藏书羊肉鲜得眉毛掉下来”成为众多苏州人的赞语。其中马家的孙儿马海根、孙媳马云妹夫妻的羊肉店颇受欢迎，这是因为马记藏书羊肉世代相传的烹调方法。

改革开放前后，马海根与儿子马建龙在苏州木渎古镇翠坊桥东街 2 号开了第一家羊肉店，这是当时苏州市的第一家个体藏书羊肉店。1980 年，具有创业精神、热爱藏书羊肉文化的马建龙先生在阊西路 8 号开了第二家羊肉店。此后，他又在凤凰街、盘门、石路、观前街宫苑、乌鹊桥开设了五家分店。马记藏书建丰羊肉店渐渐地在苏州的“羊肉江湖”站稳了脚跟，而熟悉马记的食客亲切地称之为“马建丰羊肉”。

马记羊肉传承人马建龙

“马建丰”马记羊肉店

马建丰羊肉选用的是放养爬坡的山羊，最大的加工特色是能去除让人掩鼻的腥膻味。以活杀山羊为原料，以白烧羊肉、羊肉汤、羊糕和红烧羊肉为主要品种，运用传统独特的烹饪技艺烧煮而成。白烧以汤色乳白，香气浓郁，肉酥而不烂，口感鲜而不腻，常食不厌而闻名。烹调时只放盐，不加辅料，将一只羊身切成四至六大块，旺火烧开，撇去浮沫“出水”，放在清水中清洗，再清除锅底的沉渣；然后将羊肉重新入锅，再放在原汤内，旺火烧煮三小时以上。其间，大、中、小火都要拿捏得当，待肉烂汤浓后即出锅拆骨，装至特制的方形或圆形盆内。

马建丰藏书羊肉老店

经过一个晚上的焖烧后，马建丰羊肉的羊汤色白无瑕、羊肉口感细腻，苏州话称赞为“打耳光也不肯走”，这体现在每一家分店都顾客盈门上。马建丰羊肉的羊糕也同样有着美誉，在苏州城区，“快来买藏书羊糕”指的就是买马建丰羊肉的羊糕。此外，马建丰羊肉还推出了“全羊宴”等特色系列莱肴，品种达三十余种，分冷盆类、

马建丰藏书羊肉老店厅堂

热炒类、烧烤类、汤类、点心类等。

马建丰羊肉以其独有的烹调技艺，逐渐形成了独特的羊肉美食文化。

马建丰羊肉，是对未知的探索，是对结果的求证，需要积淀，需要传承，更需要技艺。马建丰羊肉的不同之处，是对传统配方的传承和创新。马建龙先生曾经这

样表达过他对藏书羊肉的理解："羊肉，比我的生命还重要，它就是我的一生。"令人欣喜的是，当羊肉店渐渐地趋向雷同时，马建丰羊肉依然讲述着它漫长的历史，依然讲述着它的顺时而生。

东方风起，仰太湖之灵秀，承藏书之灵动。从2002年到2012年，在吴中区委、区政府的高度重视和关怀下，藏书羊肉美食文化的内涵不断丰富，外延不断拓展，藏书羊产业呈现快速发展的态势。藏书羊肉全羊宴也被列入《中国苏州菜》《中国名菜大典》等美食典籍。随着苏州太湖国家旅游度假区跨越式发展，2023年，马建丰羊肉在太湖旅客中心再次闪耀登场。

桑林多彩，田园静好，石桥仍在，小径幽通，这正是江南古城独有的美丽啊！是啊，任何事物的生长，都离不开环境的恩泽。马建丰羊肉之所以成功，因为他享有着党和政府阳光般的恩泽啊！

说说角直萝卜干

曾有人说，苏州葑门横街代表着苏州的烟火气。但倘若没有了角直酱品厂门市部，葑门横街的烟火气只怕就会黯然失色。

是啊，时光在酱缸中酝酿出一段绵长悠远的酱香，萝卜在阳光下晾晒出一股咸中透甜的滋味。一碗清粥、一碟酱菜，却是老苏州最爱的味道！

提到酱菜，不得不提起角直萝卜干。而提到角直萝卜干就肯定会想到这么一家有故事、有品牌影响力的萝卜干生产老厂——角直酱品厂。

角直酱品厂始创于清道光、同治年间，距今已有近200年的历史。据《吴郡甫里志》记载，清代乾隆时期，角直镇就已经开始用酱制作各种酱菜了。角直的张源丰、沈成号等酱店，于民国时期达到发展的鼎盛时期。到了1956年，张源丰、沈成号、鼎康三家酱油、酱菜、糕饼

江南水鄉肴美味

直醬品廠門市部
傳承百年古鎮一絕

甪直醬
傳承百年古鎮一絕

門市部
江南水鄉甪直美味

作坊进行合并，公私合营成立了角直酱品厂。2003 年，企业转制后，开办个人独资企业，现为苏州市吴中区角直酱品厂，主要产品有酱油、酱菜系列、酱、辣油四大类，其中尤以萝卜干最受顾客喜爱。

角直萝卜干是角直独具风味的名优产品，先是叫“鸭头颈酱卜”，后又称“源丰萝卜”，中华人民共和国成

角直酱品厂酱品

立之后才改称“甪直萝卜干”。

甪直萝卜干究竟有多好吃？咸中透甜，酱香浓郁，色泽红亮，酥而不烂，脆而不硬，可谓好评如潮。

然而，你可能想不到，如此的绝味，竟然来自一次意外。相传在同治年间，甪直镇张源丰酱园因鸭头颈萝卜干生产过量，又遇阴雨连绵，腌缸不慎漏进雨水，腌

甪直酱园

萝卜起了白霉花。下道工序无法进行，只好暂时将腌萝卜封在缸里。不成想，这一等就是半年。待师傅从酱缸里捞出鸭头颈酱卜一尝，顿觉鲜美无比；再晾晒后，色泽透明，口感更好。鸭头颈酱卜一上柜台，就受到顾客的欢迎，销路畅通。第二年，甪直酱品厂如法炮制，还给它取了个新名——“源丰萝卜”。甪直萝卜品牌就这样出世了。

酱缸腌制

近 200 年以来，甪直酱品厂秉持古法技艺，坚守品质保障，在原料选择上就很讲究：必须选择在长江边的沙土里生长的新鲜萝卜，粗细长短要大致相同，外形要光滑匀直。在腌制的过程中，要经历四起四落，其中的秘方就是要酌量添加特制的面粉酱一起腌制。角直萝卜干的整个制作过程全部由手工完成，不加任何添加剂、防腐剂，全凭长达 10 个月的自然发酵腌制而成，最终“百斤鲜萝卜只出九斤成品”。苏州市吴中区角直酱品厂 2011 年被商务部认定为“中华老字号”，2015 年 1 月通过 FSSC2000 食品安全体系认证。2016 年 1 月，“角直萝卜制作技艺”被列入江苏省非物质文化遗产保护名录。

角直酱品厂被认定为“中华老字号”

获评江苏省非物质文化遗产和苏州市知名商标

随着企业的不断发展壮大，为了满足消费需求，甪直酱品厂在经营方式上采用标准化、信息化的手段进行市场扩张，至今在苏州大市范围内开设了配送店、直销店及专柜 45 家。

在产品工艺上，为了响应现代低盐、清淡、时尚的生活潮流，对传统的萝卜干进行了改良，适度降低了萝卜干的咸度，还开发了一些新酱菜产品，在包装上也进行了改良提升。

此外，甪直酱品厂还投资参与建设了甪直酱文化博物馆，宣扬“甪直萝卜制作技艺”。该馆占地面积达 2600 多平方米，建筑面积 1600 多平方米，是集非遗保护、文化展示、旅游观光、消费体验、青少年爱国主义教育于一体的生产保护性基地。时至今日，只要你走进甪直酱品厂门市部，就能闻到扑鼻而来的酱香味。大大的“酱”

角直酱品厂门市部大大的“酱”字

甪直萝卜制作技艺保护性基地

字不仅彰显着企业产品的核心，也凝聚着一代又一代甪直酱品厂人历经沧桑岁月，仍坚守传统制作技艺的执着。

时光流转，甪直萝卜干不仅是水乡人家的夏日开胃小菜，也逐渐成为游客青睐的伴手佳礼。甪直萝卜干依旧是甪直乃至整个江南地区，都念念不忘的那一口家乡味道。前往甪直酱品厂门市部，选购一些萝卜干作为伴手礼，无论是自己享用还是馈赠亲友，都能留下一段绵长的水乡情谊。

甪直萝卜干伴手佳礼

“寻味年代”

赵红卫是个什么样的人呢？带着这个疑问，我与他进行了深入的交流。答案是：他是一个专注于做苏帮菜的人。

赵红卫的故乡，是一个充满诗意的地方。据说，《枫桥夜泊》就诞生于此。2008 年，赵红卫接手“寻味年代”饭店，对苏帮菜有传承，也有创新，把苏帮菜做得地地道道，也把饭店开得红红火火。

寻味年代总经理赵红卫

赵红卫还在读五年级的时候，他

父亲就开了一家苏帮菜馆。打小，他便耳濡目染。时光流逝，有的饭店关了，就像一阵风，了无痕迹；有的饭店则越来越红火，比如寻味年代。

寻味年代一直坚持把菜品的新鲜度做到极致，减少调味品，让顾客品尝到食材的本味。清溜虾仁、响油鳝丝、传统炒什锦、三虾豆腐、母油船鸭等，让人回味无穷。寻味年代的每一道菜，都精选当地食材，搭配独特烹饪技法，均是匠心之作。

寻味年代最具代表性的菜，在我看来，是母油船鸭、樱桃肉和豆瓣酱。

母油船鸭是一道江南的传统名菜，是苏菜系的代表之一。据说一百多年前，苏州太湖上的游船众多，船家们便在船上烹制美食，以供游客食用。其中有道

寻味年代苏帮菜（一）

“船鸭”——将整只鸭子放置在陶罐中煨制，原汁原汤，香味浓郁，肉质酥烂不碎——深受游客欢迎。苏帮菜的厨师们，便在此基础上，对其制作方法加以改良：

母油船鸭

将带骨鸭改为出骨鸭，并在鸭肚里加上川冬菜、香葱、猪肉丝等配料；在调味上，又改用苏州独特的母油——三伏天晒制、秋天食用的优质酱油——使其风味更佳。由此取名为“母油船鸭”。此菜百年来已成为太湖菜中的传统名菜。寻味年代的母油船鸭沿用此烹饪方法，堪称一绝。

苏式酱方

樱桃肉也是苏州的传统名菜，始创于江苏，据载清乾隆年间传入宫中。清《御茶膳房》中就有“山药酒樱桃肉”的记载。樱桃肉色泽殷红悦目，口味酥烂肥美，皮软而味甜咸，是老少咸宜的上佳菜肴。其制作也不难：整块方肉剞花刀，烧制时配以红曲粉等调色。据德龄《御香缥缈录》记载，慈禧晚年特别中意的樱桃肉，是用猪肉和新鲜樱桃一起文火慢炖而成的。寻味年代复原的樱桃肉，工序严格按照传统流程：焖煮三个多小时，将樱桃的甜香焖进肉中后，去除樱桃残渣；起锅时，将樱桃去核打成果汁浇淋，以增加新鲜果香。樱桃肉最是讲究外观——肉面要切得如樱桃般大小，排列整齐；色泽也应像樱桃般鲜艳透红，亮丽诱人。

喜爱樱桃肉的人很多，除了好吃之外还有一个原因，

寻味年代苏帮菜（二）

寻味年代特色土鸡汤

就是容易把它与古典美人联系起来。“柳似眉莲似腮，樱桃口芙蓉额。”这是古典美人的标准画像，樱桃小口则是美人的标志。苏州历来是出美人的地方，也是出珍

红烧鳗鱼

馐的地方，樱桃肉便是珍馐中的“美人”。

第三道菜是豆瓣酱，这曾经是吴中人家的寻常风物。也有叫“肉炒酱”的：做好的豆瓣酱，佐以香菇、木耳、金针菜、香豆腐干、切成小方块的带皮猪肉，讲究点的还可以放上“金钩”（虾米）；炒好后，如果喜欢辣味，那就淋上红红的辣油。炒好的酱，真可谓色、香、味俱全，佐粥下饭都相宜。

这道菜最主要的是豆瓣酱，必须是自制的，才有鲜美的味道和醇厚的酱香。

还记得以前我家制酱，大约在春末就要泡好蚕豆——发动全家来剥豆皮。剥好的蚕豆放在锅里焖烂，趁热倒进面粉里，揉和后切成方块，上蒸笼蒸熟。这时我常常向母亲讨几块来吃，味道是不错的。蒸熟的小方块，铺在竹匾里，放进堆放杂物的小屋里发酵。发酵后的面块，母亲叫它“黄子”。这时母亲就会把少许花椒和较多的食盐煮成盐水，放在一个敞口的缸里，再把“黄子”放进去泡。酱缸要放在阳光充足的地方晒，每天搅拌一次。酱的颜色初时较淡，随着每天搅拌、日晒，颜色逐渐加深。不仅白天晒，夜晚还得“吊露水”（放在露天，不盖盖子）。所以晚间有雨时，母亲总会突然惊醒，披衣起来，用一个竹篾做的盖子盖好酱缸。

一直要晒到深秋，豆瓣酱才能成为酱紫色，这时，酱香扑鼻。把豆瓣酱收进瓦瓮里保存好，可供全年食用。

这种制酱方式，现在已经很难看到了。而在寻味年

寻味年代松鼠鳜鱼

银鱼蒸蛋

代，还能点上一份地道的豆瓣酱，拥有一份香甜的回忆，来一个会心的微笑。

“酿一公斤蜜，要采一百万朵鲜花。”这是寻味年代的赵红卫对自己事业的解说。专注、坚持，这是我对赵红卫做苏帮菜的概括。赵红卫不想做大，只想做专做精，他认为每一道菜都必须在限量的基础上，才能确保新鲜和美味。比如寻味年代的暴腌青鱼段，都是前一晚用石块压严实，以保证入口细实；因此，必须预订，卖光结束。这正是寻味年代“寻味”的特点。

我常想，如果有道菜能让你爱上苏州，那这道菜一定在寻味年代。

蒯府蹄髈絮语

说起蒯伟刚，他的身上有两大亮点。一是，他是率领苏州香山帮建造故宫的蒯祥的后人；二是，他本人传承着经典苏帮菜——蒯府蹄髈。

蹄髈，向来是江南地区逢年过节、宴请宾客的压轴菜，也最考验厨师的本事：大灶头大铁锅里几十只一起烧，这可与家里小灶焐出来的不一样。在胥口十里八乡，蒯氏的后人，蒯楞香、蒯瑞宝、蒯永良和蒯伟刚四代人手艺相传，保存了江南人的味觉记忆。

叶圣陶、周瘦鹃、陆文夫、张继馨和被称为“当代唐伯虎”的王锡麒等享有盛名的儒雅风雅之士，都对蒯府蹄髈赞不绝口。

一遇到乡里村民办大事的酒席，被请去主烧蹄髈的蒯伟刚父子，也总会留两只大铁锅里烧出来的蹄髈，带给张继馨、王锡麒吃。过年前，蒯伟刚会赶在大年夜当

蒯府蹄髈

位于胥口的蒯府蹄髈

天给老师们分送蹄髈。除了这两位欢喜吃蹄髈的老师，还有上海几位画家，如大画家刘旦宅、百岁画家王康乐、“郁牡丹”郁文华等老师，在春节时都会吃蒯府蹄髈。后来，父亲年龄大了，基本不出山了，烧蹄髈、送蹄髈任务都交给了蒯伟刚。《姑苏晚报》上曾有文章记录下了这样一段名流趣事：

20世纪70年代，鲜肉需凭票供应，蹄髈成了不可多得的稀物。据说，张继馨总是想尽办法每月弄两只鲜蹄，孝敬恩师张辛稼。

1984年6月，首都人民大会堂需布置巨幛《苍松图》，要张老（辛稼）创作，由于尺幅达二丈四尺见方，故只能商借东吴饭店大会堂来创作。该图费时三日而成，东吴饭店领导特设宴庆贺。那时，张继馨正巧小住此店，也被邀请作陪。宴前，张继馨与饭店经理商量：能否增添一只红烧蹄髈？

酒过半巡，张辛稼醉眼蒙眬间双目突然明亮起来，喜形于色：一只热腾腾香喷喷的蹄髈，上桌啦！

为了让老顾客依旧能吃到传统的味道，蒯伟刚烧蹄髈坚持用柴火灶、大铁锅、杉木锅盖，选用太湖边家养猪的优质猪前蹄，经过几十道工序，用十几种香料，秘制而成。经过数小时的柴火慢炖，揭开锅盖，香气扑鼻。红润油亮的蹄髈皮下面，肥肉像一层棉絮。整只蹄髈酥而不烂，肥而不腻。据说，王锡麒老师还曾为蒯府蹄髈题字：吴王宫馔，传承久远，香飘万里，誉满八方。

秘制蒯府蹄髈

蒯府蹄髈佳礼

经过蒯氏家族四代人的手艺相传，蒯府蹄髈走出了乡村婚喜宴席，成了街坊相传的美味，有一年卖出四千只蹄髈的纪录。真心希望蒯府蹄髈可以走出香山，遍及全国，走向世界，让更多人品尝到苏州美味！

蒯府蹄髈——蒯伟刚

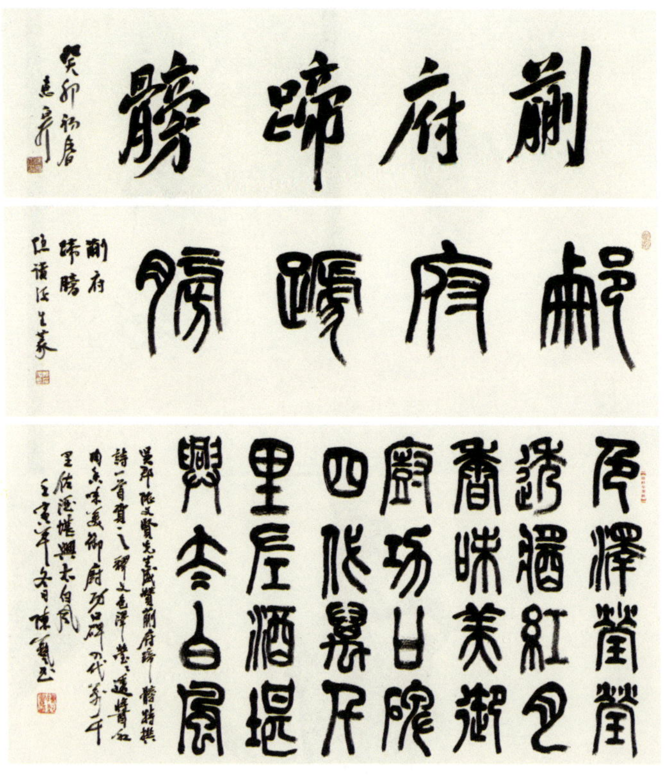

诸书法家给蒯府蹄髈的题字

美食书画　江南雅厨

是画还是菜？

说是画，呈现的分明是一道菜。

说是菜，分明又是一幅画。

这菜，比画还要色彩丰富，笔墨精细，意境深远，神态逼真。

这画，其“山水分远近之趣，楼阁得深邃之体，人物具瞻眺生动之情，花鸟极绰约嚵唼之态”。

有这么一个人，竟然把美食与书画进行了跨界融合。他带领着1200多位大厨组成的团队，拥有庞大的美食连锁经营企业，而且做得如此成功。他就是苏州市烹饪协会会长、苏州市非物质文化遗产苏帮菜制作技艺代表性传承人、中国烹饪大师、苏州市书法家协会会员、苏州市美术家协会会员、苏州新梅华餐饮管理有限公司总经理——金洪男先生。

新梅华总经理、著名画家金洪男

“厨师的最高境界，不是成为烹饪大师，而是成为烹饪艺术家。白天做菜，晚上画画，这对我来说是一种很大的精神愉悦和放松，让我对艺术有了更深层次的理解。我的绘画作品也参加了很多的艺术展览。”金洪男如是说。

金洪男与人合作创办了“江南雅厨”品牌，将苏州文化、园林艺术与饮食文化结合起来，重点体现苏州本土文化特色。

江南雅厨主打苏州菜，以不时不食、四季分明、应时应景为特色，将传统文化与现代审美相结合。每个季

江南雅厨

金洪男绘画作品（一）

节都有不同的主打菜品，均是苏州的本土特色菜。江南雅厨的标志性菜品有：烟熏青鱼、三虾系列（三鲜虾仁、

金洪男绘画作品（二）

三虾面）、秃黄油等。

江南雅厨以“新式苏州菜”为定位。

何以为“新”？

金洪男认为，谈“新”首先要懂“守”。即核心产品不能太变，“你从哪里来的你要知道”。

江南雅厨的菜一上桌，你会觉得大多都是创新菜，因为它们看起来和传统菜并不一样；但是一尝味道，还是很传统的。比如苏州人冬天一定要吃的酱方，金洪男

烟熏青鱼（左）和清风炒三虾（右）

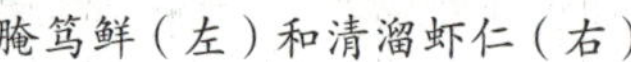

腌笃鲜（左）和清溜虾仁（右）

就对其进行了改良：他用山楂代替了一部分冰糖，又用颜色更浅、鲜度更高的酱油代替了老抽。如此，这道菜便少了三分甜腻，多了一分清爽，颜色也更鲜亮，深受年轻人喜欢。

金洪男亦注重在菜品包装、摆盘上进行创新，紧跟时代潮流。但他也强调，在此过程中一定要注重“标识感”。既然是苏州菜，那就一定要符合中国式苏州菜的审美，不能一味西化，“你是干什么的你心里一定要清楚，不能跑偏了”。

其次是情景的“新”。

与常规餐厅不同，江南雅厨里搬来了苏州园林，一踏进去就知道它是属于苏州的。除此之外，还引入了评弹、昆曲、丝竹，尽显江南韵味。

金洪男总结说，“新”主要体现在场景、环境和服务上，细化在装盘、器皿、食材的选料上。只要内力练好，老酒配新坛，顾客一样喜欢。

江南雅厨园林风格

鸡头米奶酪（左）和鱼子酱蟹肉色拉（右）

苏州自古便是文化与美食重地。苏州美食讲究时令与精制，“不时不食”顺应了自然造物的规律，而精制则体现了苏州烹饪高手们的高超技巧。作为苏州市非物质文化遗产苏帮菜制作技艺代表性传承人，金洪男烹饪技艺高超；他又刻苦研习书画技艺，颇有成就和心得。

他将美食与书画完美融合，造就了优雅精致的江南雅厨。

江南雅厨内饰

风叩门环——得月楼的境界

一个情节，一说出，就打动了所有听众的心。

一个名字，刚说起，就被人牢记。

一个故事，不仅在人们的口中相传，而且被记载进了书中，还被拍成了电影。

风叩门环——得月楼

为什么一个故事能够被一代代人不断讲述？为什么一个传说能够具有经久不衰的魅力？答案其实很简单。是因为这个故事中包含着古往今来人们所共同认可的美德，是因为这个传说中寄寓着世世代代的人们所共同追求的情感。

人们对得月楼的情感，不仅仅因为它的历史，还因为得月楼是一种境界。

如果要问在苏州人心中，地位不可撼动的老字号，哪一家年纪最大，那自然是得月楼。得月楼创办于明朝嘉靖年间，已有四百多岁。清乾隆皇帝下江南时，曾在得月楼用膳，称之为“天下第一食府”。

得月楼

当你从观前街太监弄走向得月楼，能看到那屋宇两侧凌空欲飞的龙，配上云纹花边檐口，玲珑洒脱，雍穆俊逸。正门半亭檐下倒挂着一对五彩麒麟。水磨细砖八角洞门两边，有苏州著名书法家费新我先生所书“吴地明厨远来近悦，琼楼玉宇醉月飞觞”门联。见此便能感受一二得月楼的辉煌。

得月楼建筑被评为1986年苏州市十大建筑之一，并被制成《苏州建城二千五百年》纪念火花套装画之一。

当你进入水磨细砖八角洞门，可见左右透格长窗各嵌一幅中国红漆雕，左为《近水楼台先得月》，右为《琼楼玉宇广寒宫》。楼梯口巨幅《琼楼玉宇仙境》漆器雕刻画，右上角一轮明月冉冉升起。楼内采用地罩、漏窗、博古架、落地长窗分隔，一步一景，移步换景，疏中有密，浓淡相宜。这是苏州园林的生动演绎。

得月楼蜚声全国，原因之一是它与影视有着一段不解之缘。

20世纪60年代的电影《满意不满意》、80年代的电影《小小得月楼》，说的是社会主义事业发展进程中要人人为我、我为人人，饭店服务员的工作同样是重要的。现代影视剧《大嘴妹吃煞太监弄》《姑苏第一街——醉月飞觞得月楼》和纪录片《舌尖上的中国》，展示了得月楼的经典传承，体现了其后继有人。

得月楼接班人林冏于2012年遇到了人生的转折点，最终他选择放弃国外高薪的电气工程师职业，回到故乡苏州，挑起苏帮菜餐饮传承的担子。2012 年 10 月 1 日，

得月楼内景

得月楼传承人林同

32岁的林冏正式走进得月楼，从为顾客点菜的小事做起，努力了解苏帮菜和得月楼的方方面面、点点滴滴，最后接过父亲的担子，完成了从一个电气工程师到苏帮菜餐饮人的华丽转身。

得月楼在传承的同时不忘创新，适时推出了得月童鸡、西施玩月、甫里鸭羹、鱼味春卷等创新菜品。得月童鸡的珍贵之处，在其暗含菜馆名字之余，一道菜囊括了苏帮菜色、香、味、形的烹调内涵，鸡肉酥烂脱骨而不失其形，香气四溢，口味鲜醇。而甫里鸭羹的创新，则是源自陆龟蒙与甫里鸭，开启了历史名人与名菜结合

南腿蹄筋

鱼米之乡

鸡汁毛肚

响油鳝糊

松鼠鳜鱼

得月楼创新苏帮菜

雪花蟹斗

的崭新境界，再现了苏州的文化性格——崇文、柔和、智巧、秀慧、素雅。

苏帮菜，其特点是四季有别，取材讲究，注重火候，工艺精细。作为苏帮菜饭店代表的得月楼，继承传统名菜数百道，忠实弘扬着吴文化底蕴，勾起一代代老苏州人的味觉记忆。苏式酱鸭、清溜虾仁、松鼠鳜鱼、枣泥拉糕等经典名菜名点随着时光的流逝，更加熠熠生辉了。得月楼花大手笔挖掘了独具苏州特色的春之宴、夏之宴、秋之宴和冬之宴，创新推出了苏州第一宴、全蟹宴、全藕宴和小吃宴。得月楼让喜爱苏帮菜的吃客们的味蕾时时被惊艳。

了解了苏州的风土，了解了苏州的山水后，再了解那天地不大、不断传承创新苏帮菜的得月楼，你才能真正叩响这座文化古城的门环。

一路芬芳黄天源

关于苏州，有个核心的解读，那就是“软糯”。这里的“软糯”有两种解释：一是苏州人说话软糯，似低吟浅唱；二是苏州人爱吃软糯的糕团。

苏州人爱吃哪些糕团？

听我一一道来：正月初一，吃糖年糕、猪油年糕、糕汤圆子；正月十五，吃糖汤圆子；二月二，要吃撑腰糕；清明节，要吃青团子；四月十四，要吃神仙糕；六月，要吃绿豆糕、薄荷糕；七月十五，要吃红豆糕；八月十五，要吃桂花条头糕、月饼；九月九，要吃重阳糕；十月，要吃南瓜团子；冬至，要吃冬至团子；到了腊月，年糕又登场了……不光如此，民间婚嫁，要吃蜜糕、铺床团子；孩子满月，要吃剃头团子；孩子周岁，要吃周岁团子；老人做寿，要吃寿糕、寿团；搬家，则要吃定胜糕。

黄天源糕点及礼盒

黄天源的糕团名气响当当。上海人到苏州观前街，必买黄天源的糕团和采芝斋的糖果。两家店相对而坐，都是老字号，名声传遍国内外。

黄天源创办于清道光元年(1821),创始人叫黄启庭。后黄氏父子均因过度劳累而去世，只留下寡妇黄陈氏主持事务。同治九年（1870），难以维持的黄陈氏不得已将店号招牌及店铺盘给了店里的师傅顾桂林。从此以后，黄天源姓了顾。

顾桂林发挥自己制作糕点的特长，真诚对待客人，黄天源一派欣欣向荣的景象。1947 年，顾念椿接手，黄天源名气更响了。

顾念椿不仅注意根据苏州习俗发展新品，还善于学习别人家的长处。中华人民共和国成立后，黄天源几经沉浮。2003 年，更名为苏州市黄天源食品有限公司，由国有企业转为民营企业，陈锡荣任公司董事长兼总经理。

黄天源糕团用料讲究，精工细作，形态丰富，小巧美味。陈锡荣说："优良的品质来自安全环保。"

黄天源董事长兼总经理陈锡荣

黄天源糕团对糯米、大米需求量大，原料全部来自太湖流域等能把握住终端的地区。黄天源用的糖为来自广东、广西两地的优质蔗糖，果料来自苏州的东山、西山。所有糕点都采用天然的色素，如红色使用的是红曲米和玫瑰酱，黄色是加的鸡蛋黄和南瓜，黑色是由芝麻以及黑米制成的，青色则是用了昆山正仪青草专供基地

黄天源糕点

的青草（原来用青菜汁，因为怕有农药污染而更换）。猪肉和猪油则全部用江苏省食品集团有限公司的“苏食肉”。黄天源通过使用这些纯天然、无任何添加剂的原料，既保留了食物的原汁原味，又保证了品质的优良，使老百姓吃得放心，吃得满意。值得说明的是，到现在为止，黄天源还完全保持纯手工制作，每道工序都按传统的做

黄天源桂花糖年糕

法来完成，使口味多年来始终如一。陈锡荣经常对员工们说:“黄天源绝对环保,我是在电视上拍着胸脯说的。”

在陈锡荣的带领下，黄天源热衷于慈善事业。陈锡荣常说：“无论是办企业，还是为人处世，奉献精神是必须具备的品质。”每当重阳节前夕和春节期间，他会带上黄天源的糕团到福利院、孤儿院去看望那里的老人和小孩，请他们品尝各式各样的糕团。1994 年重阳节前夕，他把苏州市的百岁老人和知名老人共 6 人请到黄天源来祝寿，品尝糕团。这个活动一直持续到现在，并将一直办下去。近年，他还把苏州 6 个社区的 68 位健康

黄天源热心社会公益活动

费之雄（中）为黄天源题写“中国名点”

老人请到黄天源吃寿面、寿糕，看黄天源新变化，请他们对黄天源提意见和建议，赢得了社会广泛赞誉。陈锡荣说：“企业发展到任何时候都要心系百姓、回报社会，这点不能忘。”是啊，这些糕团对于黄天源来说可能算不了什么，但却能让人们感受到来自企业的温暖。

如今的黄天源是名副其实的中华老字号，不仅被评为中华餐饮名店，产品还先后获得金鼎奖、中华名小吃等荣誉和称号。“黄天源可以说已经成了苏州人的骄傲，它是属于所有苏州百姓的。”陈锡荣有感而发。

朱新年的汤团

朱新年从小跟着爷爷、妈妈做汤团。朱家汤团清末民初时在苏州城已有了名气，朱新年这辈已是第三代。

朱新年的汤团是纯净的，汤汁清爽，每一碗都好似雨后秋池，纤尘不染，超凡脱俗，照得见云影天光；朱新年的汤团是美味的，咬开汤团，汤汁在口中徜徉，肉

朱新年七彩汤团

馅鲜美，芝麻香甜，让人从心底感慨：这趟苏州算是没有白来。

选材精良，做法精细，纯手工制作，是朱新年汤团好吃的秘诀。

制作朱新年汤团

做汤团先要选糯米，不是苏州本地的糯米，朱新年是坚决不用的。苏州有着得天独厚的地理优势，且气候适宜，十分适合作物生长，出产的糯米尤为软糯香甜。选好的糯米，浸泡 8 小时以上，用石磨磨成粉。朱新年沿袭着祖辈的石磨水磨粉，其挂粉的要求与祖父的不差分毫。用优质水磨粉揉制的汤团皮子，洁白无瑕，让人看着就心生欢喜，吃起来更是口感细腻顺滑，软糯有嚼劲，让人欲罢不能。

做鲜肉汤团，选猪肉尤为重要。朱新年制作肉馅几乎可以说是“苛刻”：要用定点定人宰杀的本地猪，购

朱新年汤团

入后自己剁馅；绝不用冷冻猪肉，更不购进成品馅。刚出锅的鲜肉汤圆，趁热咬一口，满嘴汤汁，鲜香软糯，连汤带馅吞下，只觉浑身畅快。

对于用油和调料，朱新年也十分讲究。油必须是菜籽油，买了菜籽专门派人去甪直等地的菜籽油店提炼而

朱新年鲜肉馅汤团

朱新年花生馅汤团

成，绝不用超市里的色拉油或各种调和油。七彩汤团的颜色必须是从植物中提取的，绝不用各种色素或添加剂。当然，鸡精也是朱新年一贯“拒之门外”的。

朱新年坚持汤团要手工制作，现包现吃。每天一大早，店里的阿姨们就开始揉粉包汤团。只见她们一边旋转一边捏，没几下，就把小小的粉团捏成了“小碗”。将“小碗”填满馅料，再快速收口，一个汤团就做好了。为了便于区分，阿姨们还将5种口味的汤团分别捏成5种形状。

有的顾客在店里吃完，还会买一些汤团回家自己煮。

朱新年萝卜丝馅汤团

朱新年豆沙馅汤团

这煮汤团也是一门技术活。水太少、煮太久或火头大都会烂糊，火候不到又会夹生。有经验的老苏州会这样做：水烧开后，放入汤团，不盖锅盖，小火慢烧，再用勺子搅一搅，防止粘锅，待汤团浮起来后再烧个 5 分钟左右即可。

朱新年的汤团

如今，朱新年汤团在苏州有三家店。不管哪家，每天一大早就有一批又一批来吃早饭的顾客，把店里挤得满满当当，门口排长队也是常见景象。虽然是老字号点心店，名气也越来越大，但朱新年汤团价格依旧公道，汤团2.5元一个，鲜肉馄饨10元一碗；口味也一直地道。正如朱新年经常跟儿子朱青荣、女儿朱青燕说的："最现实的道路，就是你自己站着的地方。祖宗踏踏实实的根脉，不能有一丝一毫走样。"他自己也致力于追求人品和产品的和谐，道德与手艺的统一，以毕生的精力创造着舌尖上的经典。

茶尖争说碧螺春

说起碧螺春茶，大家都知道，苏州洞庭的东山和西山才是真正原产地。

碧螺春本名“吓煞人香”，传说清康熙皇帝南巡至太湖，赐名“碧螺春”，此茶遂名扬天下。

江南茶文化博物馆中康熙赐名碧螺春场景

吟咏碧螺春的诗词很多。清代诗人陈康祺有诗云：“从来隽物有嘉名，物以名传愈自珍。梅盛每称香雪海，茶尖争说碧螺春。已知焙制传三地，喜得揄扬到上京。吓煞人香原夸语，还须早摘趁春分。”清代梁同书赞颂碧螺春道：“此茶自昔知者稀，精气不关火焙足。蛾眉十五采摘时，一抹酥胸蒸绿玉。纤褂不惜春雨干，满盏真成乳花馥。”

茶山·茶园

中华人民共和国成立后，碧螺春茶更是在国外也产生了相当的知名度。碧螺春作为国礼走出国门。

太湖之滨的洞庭东、西山，温和的气候、充沛的雨量、充足的日照，滋养着满山的茶果树。每年春分一到，太湖洞庭东、西山的茶农们便开始了一年中最忙碌、最热闹的时节。

碧螺春的采摘十分讲究，要采得早、摘得嫩。采摘时间一般在谷雨前，春分至清明前采制的称为“明前茶”；清明后谷雨前采制的称为“雨前茶”。

为了保证碧螺春鲜叶的最佳原生态品质，采摘时要提采，而不能掐采或撸采。采摘的鲜叶要求新鲜健康，不采雨水叶、病虫叶等；采摘的鲜叶需盛放在清洁的竹篮或竹篓中，不能紧压。

采茶体验

采摘下来的茶叶嫩芽，要经过精挑细选，剔除鱼叶、老叶、嫩籽、“抢标”（早萌发的越冬芽）及其他杂物。要

采茶（中间为制茶大师、碧螺春制作技艺非遗传承人柳荣伟）

求挑选好的嫩芽长短整齐，均匀一致。

洞庭山碧螺春茶采用传统手工炒制，高温杀青—热揉整形—搓团显毫—文火干燥—复火提香，各道工序环环相扣，行云流水，一气呵成。其制作技艺被列入中国国家非物质文化遗产代表性项目名录扩展项目名录。2022 年 11 月被列入联合国教科文组织人类非物质文化遗产代表作名录。

炒制好的碧螺春茶“干而不焦、脆而不碎、青而不腥、细而不断”，“色艳、香浓、味甘、形美”描述的就是碧螺春茶的“四绝”品质。

洞庭山碧螺春茶芽叶比较幼嫩，冲泡方法也与众不同，采用上投法（先倒水后投茶），水温 80 摄氏度左右。

茶叶入水后慢慢舒展开来，汤色碧绿，清香袭人，味道清雅。

江南茶文化博物馆中碧螺老茶馆

碧螺春茶独特的制作技艺代代相传，东山茶厂碧螺牌碧螺春是其中典型代表。

东山茶厂坐落在东山镇，是生产销售洞庭山碧螺春茶的江苏老字号企业，也是洞庭山碧螺春茶制作技艺非遗保护单位。

东山茶厂创立于1953年，原名“吴县茶厂”，是当时唯一生产销售洞庭山碧螺春茶的国营企业。1997年，因市场变化，东山茶厂现掌门人柳荣伟承包了已资不抵债、濒临倒闭的吴县茶厂。他以“用心做好一杯茶”的经营理念，带领企业起死回生。2000年，吴县茶厂转制变更为苏州市东山茶厂；2015年，又转型升级为苏州东山茶厂股份有限公司。转制后的东山茶厂飞速发展，成为碧螺春茶产业的领军企业。

东山茶厂投资建造的江南茶文化博物馆全景

制茶大师、碧螺春制作技艺非遗传承人柳荣伟制茶、验茶

新时代的东山茶厂，在董事长柳荣伟的带领下，不断探索发展新途径。东山茶厂引进茶叶智能化流水生产系统，打造碧螺春茶产业生产新模式，提高碧螺春茶智能化生产加工技术，实现“制茶智能化、包装自动化、品质标准化”的目标，提高茶叶原料的利用率，改善茶叶制作劳动强度，降底生产成本，促进洞庭山碧螺春茶产业高品质、高效率、高收益发展。

东山茶厂在秉承传统制茶技艺的同时，利用茶叶吸香的特点，开发研制口味新颖独特的新品花果茶，有桂花红茶、玫瑰红茶、生姜红茶、橘皮普洱、蜜桃红茶等20多个产品。同时，还恢复了苏州名茶——茉莉花茶“苏窨”的传统技艺。该技艺成功列入苏州市非物质文化遗产保护名录。东山茶厂生产窨制的苏州茉莉花茶荣获全国茉莉花茶评比金奖，获评全国茉莉花茶十大创新品牌和推荐品牌。

东山茶厂还发挥苏州古城特色、园林特色以及江南特色，开发设计园林系列包装、山水系列包装以及文创类包装，将茶文化与地方特色文化相融合，提升产品文化附加值。

质量是企业的生命基础，东山茶厂通过“基地＋农户＋公司”的经营模式，组建专业合作社，成立产业化联合体，提升内外管理模式，不断提高产品品质，逐步走向现代化，成为行业内的标杆企业。

东山茶厂以“弘扬碧螺茶文化，创领健康茶生活”为企业发展使命，始终把“顾客至上，以质取胜，恪守诚信，继承创新”作为企业的核心价值观。东山茶厂掌门人、碧螺春制作技艺非遗传承人柳荣伟的创业精神及传承事迹，得到了社会各界的肯定。他在探索传统产业创新发展的同时，也将碧螺春茶产业的发展传承给女儿柳倩楠，让传统产业通过年轻一代的创新思维，适应新时代发展潮流，再创辉煌。

柳倩楠从小对茶就耳濡目染，在茶文化的熏陶中长大，这也让她树立了长大要投身传统茶业，让碧螺茶香飘向世界的理想。大学毕业后，她回到家乡，运用所学知识与创新思维，以新一代知识青年的担当与情怀，积极探索传统茶产业的创新发展。2012年，随着“互联网+”的迅速发展以及新媒体营销渠道的拓展，她组织设立电商营销部，相继在淘宝、天猫、京东、拼多多等电商平台建设碧螺品牌旗舰店。如今直播电商作为一种新型商业模式迅速发展，柳倩楠又组建团队，进军直播电商，建立抖音碧螺官方旗舰店，直播介绍公司碧螺品牌产品以及碧螺春茶历史文化、农业文化和非遗文化，进一步

柳荣伟传承技艺给女儿柳倩楠

碧螺春海外巡展

扩大销售市场。

碧螺春茶在东山茶厂两代人的传承接力中，得到了消费者的好评与支持，产品不仅行销全国，还远销二三十个国家和地区，让碧螺春茶的一缕缕清香飘得越来越远！2023年，东山茶厂迎来70周年庆典！70年风雨兼程，70年创新奋进！东山茶厂的70年，正是洞庭山碧螺春一段重要而辉煌的发展历程。

东山雕花楼的苏州味

碧螺青了，翠竹绿了，芦花摇曳，蜡梅迎雪。这是苏州洞庭东山的一年四季，是我梦中的江南。

而优美的自然风光之外，立于太湖之畔的东山雕花楼，更以穿越时代的独特魅力，吸引着我一遍遍翻阅、欣赏。沉醉在百年光阴中的雕花楼，展现的是极致精细浩繁的江南文化之美。

我对东山雕花楼有着别样的感情，因其学名“春在楼”——取自清代著名学者、文学家俞樾（号曲园居士）的殿试名句“花落春仍在，天时尚艳阳”。一直以来，我对俞曲园怀有无限的崇敬，他的绝笔手书《枫桥夜泊》诗碑，至今我仍常常专程前往寒山寺观赏。每每伫立于碑前，其中饱满的情怀、稳重的章法、浑圆的笔意，总令我感慨万千。幸运的是，我有幸收藏有他的两幅锦面绢本团扇书法。

东山雕花楼建于1922年，以其精致浩繁的雕刻技艺、奇巧的布局结构，被称为“江南第一楼”。雕花楼原是私家宅园，是东山富商、“上海棉纱大王”金锡之为奉养母亲而建造的。雕花楼在整体设计上呈中西结合风格，以中式为主，全楼的梁、桁、柱、檐等配以砖雕、石雕、木雕和铸铁装饰。砖、木浮雕十分丰富，可以说，

东山雕花楼门楼

东山雕花楼天井

东山雕花楼把雕刻艺术发挥到了极致，“楼无处不雕，雕无处不精”，在江南的现代建筑中，仅此一例。

东山雕花楼的雕刻主题丰富，涵盖了各类典故、传说，有《三国演义》《西厢记》《二十四孝》等传统作品中的经典故事场景，有“八仙过海”“文王访贤”等民间传说，也有“松鹤延年”“郭子仪祝寿”等寄寓人们对美好生活向往的图景，更随处可见灵芝、牡丹、祥云等吉祥图案。

东山雕花楼还是闻名全国的“影视楼”，先后有《红楼梦》《摇啊摇，摇到外婆桥》《宰相刘罗锅》《画魂》《风雨雕花楼》等百部影视剧在雕花楼拍摄。

欣赏完雕花楼之精湛技艺，再来满足一下我们的口腹之欲吧！一锅汤汁清澈、肉质紧实肥美的雕花沉香鸡，是雕花楼食府的冬日招牌菜。这道招牌菜，选用在东山原生态环境中放养的土鸡作为食材，不仅口感鲜美紧实，营养价值也高。寒冷的冬日，一锅热气腾腾的雕花沉香鸡端上桌，揭开锅盖，香气扑面而来！尝一口汤，鲜！

雕花楼食府内景（一）

雕花楼食府内景（二）

再来一口肉，香！

东山雪饺也是不得不品的一绝。雪饺，顾名思义，白如雪，形是饺。刚做好的雪饺要细心地一个一个放在芦苇叶上，绿色的叶子衬托得雪饺更晶莹。蒸熟后，雪饺口感绵糯，甜度适中，不粘牙，一口爆汁，糖油融入

青鱼冻

慈姑红煨老鹅

醉蟹狮子头

馅料之中，满口都是香香甜甜。

东山猪油糕是东山古镇特有的糕点，相传已有千年历史，对于许多东山人而言，喜庆的猪油糕也算是记忆里的“年味”了。热腾腾的猪油糕软糯香甜，两层米粉之间还流淌着厚厚的一层甜豆沙，入口油而不腻，滋味十分丰富。

特色老汤面，是雕花楼食府根据苏州人不时不食的特点而推出的时令汤面。东山地道的老汤面是用“回锅面”的做法，如今在苏式面中也占一席之地，小有名气。雕花楼根据本地做法进行改良，老汤选用大骨、整鸡、鳝骨等加入各种材料，连番熬制而成。

秋冬季是吃羊肉的季节。苏州各地都有代表性的羊肉美食，比如藏书羊肉、桃源红烧羊肉、太仓双凤羊肉等等。而到了洞庭东山，白煨湖羊肉才是当地人的最爱。据说，东山养殖湖羊已经有八百年的历史。这种吃太湖

板栗烧鳝筒

水长大的羊，与别处的羊相比，羊肉风味完全不同。在雕花楼食府，品一份荷叶包裹的东山白切湖羊肉，肉香浓郁，回味无穷。

油爆虾

碧螺手剥虾仁

常有朋友感叹，远亲好友临苏，不知如何安排行程。是啊，姑苏城内光园林就有百余座，一天只能看一座园林，选择哪座好呢？其实在我看来，如果是首次来苏的游客，不妨以金鸡湖大酒店、吴宫喜来登大酒店等为住，以虎丘、拙政园、寒山寺、天平山范仲淹故居等为游，以李公堤、石家饭店、东山雕花楼等为膳，也可算是一次不错的江南文化之旅了。

三鲜面

娘的酒酿

天刚蒙蒙亮，好像没睡几个钟头，我就被娘叫起来了："阿明，起来吧，有酒酿吃。吃了酒酿，和娘一起坐船到窑上交砖坯。"

我迷迷糊糊睁开双眼，心里想着，真想在床上再赖一会儿，但听到"酒酿"二字，我清醒了。虽然还不知道这是什么东西，但我想，娘做的，一定很美味。我一边穿衣一边轻嗅，一种独特的香味袭来，彻底驱散了我的睡意。

娘在厨房里忙活，见我已穿好衣服跑进厨房来了，便指着半钵头白白的、像米粥一样的东西说："这是娘做的酒酿。你到碗橱里拿碗，盛半碗。"

这是我第一次吃到酒酿。当我用瓷白的调羹把它送到嘴里，我认定，这香香甜甜的味道就是世界上最好吃的美味了。

酒酿（一）

我知道，这是娘给我的奖励——奖励我半夜跟船到窑上搬砖坯。做砖坯是家里的副业，之所以要半夜就摇船到窑上，为的是不耽误爷娘早晨生产队的出工。

这一天，是还在读小学的我第一次吃到酒酿。半夜在船上搬砖坯的辛苦早已不记得了，深深刻在记忆里的，只有那醇厚香甜的酒酿味道。

日子一天天过去，我一天天长大，娘一天比一天繁忙，渐渐地，娘再也没有时间做酒酿了。

后来我离家去当兵，记忆里的酒酿味道似乎也渐渐远去了。直到我第二次回家探亲才知道，原来这些年，娘又在做酒酿了。邻居跟我说："阿明，你们这个家都是靠你娘卖酒酿过日子的。"

听到这句话，我一下子怔住了。我脑海中反复闪现着娘走村串巷，挑着两个锅去卖酒酿的样子。这钱挣得是多么不容易啊！我问娘是不是太辛苦了。娘说："现在改革开放了，日子一天比一天好。你在部队挣荣誉，家里也不能落后了。"

我问娘："父亲不能去干点别的活吗？"

娘说："倷爷做啥亏啥格，还是给我做下手吧。"

我问："那卖酒酿能赚到钱吗？"

娘说："家里原来造楼房欠的钱都是靠卖酒酿还上的呢。"

朱海明当兵时照片

邻居后来告诉我说，娘可不简单，她卖的酒酿与别人的不一样，生意好得很。一来娘做的酒酿四乡八邻都喜欢，吃过的人都赞叹不已；二来娘的经营方式独特，凡是小孩、老人身上没零钱的，可用

朱海明娘年轻时照片

家中的粮食来换酒酿吃。

娘做的酒酿，用的都是粒大而均匀的上好糯米，淘洗干净后放入木盆内，加清水浸泡一个半小时，然后沥干。再在蒸笼里垫上笼布，娘说，要先加热蒸锅，待蒸笼内上气之后，再将糯米均匀而松散地铺在笼布上，盖上锅盖，用旺火蒸一个半小时。接着将蒸熟的糯米倒进簸箕内，摊开，用凉水淋在糯米上降温至30℃左右。

找一个干净的、无水无油的容器，将晾好的糯米倒进去，撒入甜酒曲，倒少量的凉白开，拌匀，用勺子压实，再在中间挖个洞。盖上盖子，用塑料薄膜等将容器密封好，天冷的时候可以裹上几层棉布等保温，放在干燥的地方等它发酵。如果喜欢吃多汁的酒酿，两天后发酵了，可再加些凉白开拌匀，用同样的方法压实，中间挖小眼，再静置一边。两天后再取出，酒酿就好了。

酒酿（二）

制作好的酒酿

娘强调说，酒酿的制作总结起来就是四点：一泡、二蒸、三制、四保温发酵。其中决定成败的关键点就是温度和洁净度。温度要够，容器要干净无油，否则都会不出酒。

后来，我从部队退役。来到城里后，我在饭店里经常吃到一种甜点——老苏州家里经常吃的“酒酿小圆子”，其实就是在煮沸的酒酿中加入糯米圆子；有些地方还会再加入桂花，在酒酿的香甜之外，又增加了一份桂香。小小的糯米圆子滑入口中，咬一口，软软的，甜甜的，回味无穷。一碗简简单单的酒酿小圆子下肚，心灵似乎也得到了抚慰。

我又想起了娘做的酒酿。

水乡·故乡

酒酿（三）

遇见树山“六月雪”

我有一个战友，是苏州高新区树山村的一位基层干部，做了十几年的村支部书记了。那天他到我公司，我问他：“你们树山的翠冠梨该上市了吧？能否为我推荐一家品质靠谱的，我去采购一些？”

他打开手机相册，点开一张照片，指着照片里用竹竿支撑着树干的果实累累的梨树，兴奋地说：“这是同年兵柳炳兴家的梨树。应该说，他与你也算是战友。他家的梨树是从不用化肥和农药的，而且梨的口感和品相都非常好，绝对靠谱！”

是啊，那年招兵，我原本的入伍名额是赴天津的，后来不知何故，划给了海军东海舰队。柳炳兴服役于天津某炮营。说心里话，我最向往的便是陆军，对像柳炳兴那样在野战军服役的战友，有着说不出的羡慕。这位战友，我要去会会他。

篱墙后的翠冠梨

第二天一早，我们便驾车前往树山。

苏州种植梨的历史悠久，明代王世懋的《学圃杂疏》和徐光启的《农政全书》中，都有用箬竹包裹幼梨防虫鸟之害的记载。翠冠梨是苏州树山的“三宝”之一，因其独特的口感风味，被誉为“六月雪”，堪称“梨中之极品”，是苏州人夏日必尝的美味。

初春梨花盛开的时候，到树山看梨花成为新时尚。开春看花，夏天吃梨，这一树的精华真是一点也不浪费。

树山翠冠梨水分充足，口感细腻。酷暑之时来到树山梨园，在山间享受一下微凉清风，吃上一个凉爽清甜的现摘翠冠梨，这滋味，想想就心动！

阳光下的翠冠梨

露水晶莹的翠冠梨

汽车在进入树山闸口后，便驶入一条蜿蜒的公路。公路两边可见到一些平房，这些房子还有20世纪80年代农村房子的模样。进村后，便有几条狗围在我们的车子两边奔跑着。打开车窗，狗吠声，鸡鸣鸭叫声，夹杂着孩童追逐嬉闹的声音传入耳中，唤醒了我久违的儿时记忆。不一会儿，汽车来到了柳炳兴家门前，炳兴早已等候多时。寒暄过后，炳兴笑呵呵地说：“我们到梨园去吧。”

跟着炳兴沿乡间小路走了一会儿，一片梨园映入眼帘。看着那些沉甸甸下弯的梨树枝，我心想：这梨也太大了吧！咬上去，一定是满嘴梨汁。

“我们的梨口感细腻，比一般的梨更甜。正常梨的甜度在12左右，我们的翠冠梨甜度一般有14，个别能达到15甚至16。”炳兴认真地介绍说。

炳兴透露，自家的“六月雪”之所以能成为“极品中的极品”，首先得益于树山三面环太湖的小气候，给果园带来了优质的生长环境。其次，自己的科学种植理念也功不可没。“我们果树下的草是不除掉的。有了杂草遮挡，即使在高温天气，树下的泥土温度也没那么高。这样可以保持土壤的湿润度，还能防止因阳光直射而使果树的根部过于发达。”

炳兴告诉我，这些年，在梨花盛开时，他都用无人机进行空中授粉，这样可以保证授粉均匀，促进产量增加。同时，他专门从外地采购了花粉，进行杂交。“如果每年都是用梨园里边几棵树授粉，梨形会逐步褪化。我用外地的花粉跟它们结合，这个果子才会长得更大、更嫩，口感更好。经过几年实践，目前我们梨园里大部分的翠冠梨都能达到八两以上。”

他又指着梨园边上一口口大缸说：“我是从不用化肥的，施的都是用黄豆发酵的天然肥料。这些就是发酵黄豆用的缸。”

炳兴复员后，一直耕耘在乡村田野里，从种杨梅到种梨，他带动了当地几十家村民实现增产增收。

我问他：“搞农业很辛苦吧？”他说：“有好的产品出来是很欣慰的！而且现在政府出台了很多惠农政

大个的翠冠梨

策，有这么多乡亲一起干活，我坚信我们一定能实现乡村振兴！”

说着，炳兴摘下一颗梨递给我，说：“放心吃，我家的梨树，不打农药。”

吃完这颗又甜又脆的梨，我试着自己摘梨，没想到，一使劲，连梨带枝一起扯下来了。炳兴肉疼地说：“不是这样摘的，得握着梨，逆着柄的方向，轻轻使劲。”如此，摘梨又变成一件轻松有趣的事了。是啊，做什么事都得讲方法，方法对了，事半功倍。然而，即便是掌握了方法，一筐梨摘完，我已然是一身汗了。

果农不易啊！

想到这，眼前这一筐翠绿的梨似乎更加珍贵了。

摘翠冠梨（右一为朱海明）

树山翠冠梨被誉为“六月雪”

陪伴远行的卤汁豆腐干

当你长大成人，将要离家远行，你最亲的家人会如何为你准备行囊？你的背包里，一定会出现的，能解你的思乡之愁的，是什么呢？

我想，对于许多老一辈的苏州人而言，能够代表家乡的好东西有很多，而其中一定就有津津牌卤汁豆腐干。曾经，卤汁豆腐干和人最珍贵的感情连在一起，和人生一同前行。

对我而言尤其如此。直到现在，我每次出门远行，不管旅途长短，不论是外出公干还是游山玩水，我都会买上一些卤汁豆腐干带在身上。这份小小的零嘴，看着不起眼，

每块卤汁豆腐干都饱含着深情

背着也不重，却是当之无愧的旅途好伴侣。它可以在你无聊的时候为你解馋；如果旅途中碰到各地朋友，还可以代表苏州特产分享给他们。

卤汁豆腐干是苏州著名的传统小吃，口味鲜甜，软糯适中，广受苏州人的喜爱，据说已经有近百年的历史。苏州最著名的卤汁豆腐干当然是津津牌的。津津牌卤汁

津津牌卤汁豆腐干（一）

津津牌卤汁豆腐干（二）

豆腐干精选优质大豆为主要原料，配以天然食材的辅料，采用传统技法和先进的现代工艺加工而成。

时间回到20世纪80年代，那时我在福建当兵。第一次回家探亲，我有十五天的假期，在准备归队的时候，我想着，一定要带点家乡的土特产给战友们尝尝。这心思催赶着我从乡下坐公共汽车去到城里。那时去一趟苏州城里很不容易，来回差不多需要一天时间。那天，我买了二十盒的津津牌卤汁豆腐干，是两毛钱一小盒的，我十分喜爱那精巧可爱的小包装。

朱海明当兵照

到了归队那天，我把这些卤汁豆腐干当宝贝似的锁进小皮箱里。我在列车上坐了一天一夜，途中，我几次望向小皮箱，想打开一盒卤汁豆腐干尝一尝，但我又马上控制住了馋念。

卤汁豆腐干

我想起每次班里的战友探亲后归队，大家都会围坐在桌子旁，边品尝他们带回来的家乡土特产，边听他们分享在家乡的种种经历。那热闹欢快的场面不断地在我眼前闪现。

早些年经济不宽裕，就买些小盒包装的，每人给一盒两盒，表示表示心意，礼轻情义重。

是的，我们的每一次远行，装在包里或拎在手里的，也许都是周到、细致、郑重的一份情谊。这最能代表苏州的久别的味、久别的香，能让久别的人慰藉思乡之苦，也能让牵挂的人宽慰久违的激动。

如今，当我们回头望时，在心灵的一隅，卤汁豆腐干依然承载着这份感情。

倾情之美　刀鱼馄饨

苏州，人间天堂。这座古城坐落在水网之中，街道依河而建，水陆并行；建筑临水而造，前巷后河，形成“小桥、流水、人家”的独特风貌。

水乡苏州不仅拥有三分之二的太湖水面以及无数纵横交错的河、荡、湖、塘，还有长达100多千米的长江岸线。这给苏州人带来了源源不断的湖鲜、河鲜和江鲜，还在苏州人的记忆中留下了美味的江鲜的记忆。比如，长江刀鱼。

长江刀鱼，与河豚、鲥鱼并称为“长江三鲜”。刀鱼平时生活在海里，每年产卵期由海入江，在长江中下游及其湖泊中产卵。刀鱼肉质细嫩鲜美，是餐桌上的经典美食。然而，过度的捕捞让野生长江刀鱼的产量越来越少。形象一点来说，就是一条在长江主航道的大船拉一张大丝网，大丝网拉上来一半才能看见1条中等大小的刀鱼，整张网全部拉上来也只有七八条。

长江刀鱼产量连年下降，随之而来的是价格一路猛涨。刀鱼的“身价”从 30 多年前的每斤 1 元涨到现在的每斤数千元。尤其在清明前刀鱼最肥美的时段，价格更是近每斤万元。曾经餐桌上的“常客”已然成了“奢侈品”，渔民们也只有在清明过后，才舍得自己尝尝。

为保护长江生态，野生长江刀鱼已经被列为国家重点保护野生动物。早从 2018 年 1 月 1 日开始，长江流域就已全面禁捕野生长江刀鱼。苏州的阳澄湖、太湖、淀山湖等资源保护区也被列入其中。随着保护力度的加大，野生长江刀鱼彻底离开了大家的餐桌。

但让人高兴的是，长江刀鱼的人工养殖技术已经取得了关键性的突破，规模化繁殖逐步成熟，长江刀鱼被重新端上餐桌，且口感、营养与野生刀鱼并无差异。

在苏州，吃刀鱼和剥大闸蟹一样，是人们必会的食鲜技巧。在苏州人的美食原则里，享用刀鱼必须“刀不过清明”，因为此时的刀鱼肉质最为肥美，鱼刺又比较柔软；过了清明，鱼刺就会变硬，十分影响口感。会吃刀鱼的人通常是用筷子一划，提起鱼尾，将鱼肉轻松抖落，然后再仔细检查一下有没有残留的刺。

刀鱼本身肉质细腻，“剔鱼骨而肉不断”，不管是红烧还是清蒸，都能“鲜掉眉毛”。不过，最受老苏州欢迎的吃法，是做刀鱼馄饨。因为整条“大刀”或“中刀”价格实在太贵，而做刀鱼馄饨的都是价格亲民的小刀鱼，也被称为“毛刀”。

刀鱼馄饨（一）

刀鱼馄饨怎么做？首先准备小刀鱼 500 克、猪肉 300 克、韭菜 500 克、鸡蛋 2 个，将韭菜、猪肉、小刀鱼清洗干净，再把韭菜切成小段，猪肉剁成肉糜备用，小刀鱼去头、内脏、三角刺后打成肉泥备用。接着，将两种肉泥混合在一起，依次放入生抽、姜末、盐、料酒、白糖（可以放一点味精，也可以不放），再打入鸡蛋，

刀鱼馄饨（二）

和肉泥一起搅拌均匀。最后，包馄饨。

刀鱼馅关键是去刺。从主刺出发，将刀横着放，紧挨着主刺从鱼头割到鱼尾，先去掉一侧的主刺，再用同样的方法去掉另一侧的；剩下的鱼肉朝上，用刀斜切，将小鱼刺去掉。

刀鱼馄饨（三）

刀鱼馄饨（四）

刀鱼馄饨（五）

如果觉得麻烦，不想自己操作，也可订购。苏苑饭店就有地道的刀鱼馄饨。苏苑饭店负责后厨的总经理宋加丽说：“苏苑饭店的刀鱼馄饨，一般是每年的清明前一个月推出，清明后就下架了。有纯刀鱼馅、金花菜刀鱼馅、韭菜刀鱼馅、荠菜刀鱼馅等。为了保证口感，还采用了冷链物流，市场反映特别好。”

刀鱼一年只有一次尝鲜期，错过了就得等来年。

刀鱼馄饨（六）

松鹤楼的松鼠鳜鱼

“请你到松鹤楼吃松鼠鳜鱼！”这是我年少在农村经常听到的一句戏谑之言。可见松鼠鳜鱼在苏帮菜中的地位。

松鼠鳜鱼是苏帮菜的代表作，可谓色、香、味俱全。这道菜的做法非常复杂。它的形状就像松鼠，吃起来酸甜可口。

松鼠鳜鱼历史悠久，清朝时期就出现了。据说松鼠鳜鱼这道菜的来历，和当年乾隆皇帝下江南有关，还有两种不同的说法。

第一种说法是：当年乾隆皇帝下江南的时候，来到了位于苏州的松鹤楼酒楼。他看到外面的池中有鱼，便提出吃鱼的要求。但是乾隆皇帝的这个要求，却让松鹤楼的厨师犯了难。因为乾隆皇帝看到的鱼，是用来敬神的祭品。为避开宰杀“神鱼”的罪过，松鹤楼的厨师便

松鹤楼

松鹤楼松鼠鳜鱼

把鱼烹制成松鼠形状。厨师忐忑不安地把这份看起来有些奇怪的鱼端给乾隆皇帝品尝，乾隆皇帝连连称赞。这样一来，松鹤楼的松鼠鳜鱼就成了传世名菜，喜欢吃这道菜的人越来越多。在经过多次改良之后，松鼠鳜鱼同样能迎合江南地区以外的食客的口味。

第二种说法是：乾隆皇帝下江南的时候，在苏州城里微服私访。当时他饥饿难耐，走进了松鹤楼里吃饭。他看到菜单上有松鼠鳜鱼这道菜，一时好奇就点了。吃完这道菜后他感到惊艳不已，给予了很高的评价。吃完饭后，没有给钱习惯的乾隆皇帝转身要走，被松鹤楼里的伙计拦住了。最后还是苏州知府前来解围，松鹤楼的人才知道原来吃饭不给钱的人，正是乾隆皇帝。松鼠鳜鱼本身味道就很好，再加上有这么一段传奇的故事，自然是名声大振。

松鼠鳜鱼的特色是色、香、味俱佳，外酥里嫩，口感鲜美。整盘菜看起来像一只松鼠，造型独特，富有艺术感。

烧制松鼠鳜鱼所需材料为：鳜鱼一条，葱、姜、蒜、盐、料酒、淀粉、鸡蛋、油、醋、砂糖、番茄酱、水果汁等适量。

烧制时，先将鳜鱼去鳞，把鱼头跟鱼身分离，并将鱼头骨头敲碎。接着对鱼身改刀，改刀时要斜刀切入而不切断鱼肉，要顺着鱼身方向切。改好刀后放入水中清洗，捞出来时鱼身已似松过。然后把鳜鱼放入装有淀粉的盆中，每一处缝隙都要裹上淀粉，炸的时候便不至于

松鹤楼苏帮菜

散烂，还能起到发脆发酥的作用，提升菜肴口感。随后先将鱼头放入油锅中炸，因为鱼头难熟；再把鱼身慢慢放进去，用勺使鱼尾保持立起状态，很像松鼠尾巴。炸好后就开始调制酱汁了，所用到的调料有醋、砂糖、番茄汁，主打一个酸甜口。酱汁起泡时就可以加入湿淀粉勾芡，待酱汁浓稠，加一勺油就完成了。将炸好的鳜鱼捞出，沥干油，摆成松鼠的形状，把秘制酱汁淋上，这道松鼠鳜鱼就烹饪完成了。

如今的松鹤楼，围绕松鼠鳜鱼等经典苏帮菜，一直在坚持传承和发展苏帮菜文化。

吴中鸡头米

“一塘蒲过一塘莲，荇叶菱丝满稻田。最是江南秋八月，鸡头米赛珍珠圆。”诗人郑板桥对鸡头米赞赏有加。

鸡头米又叫芡实，含有脂肪、蛋白质、碳水化合物以及钙、铁、锌等多种微量元素，可谓营养丰富。鸡头米还有很高的传统中医药用价值，《神农本草经》就记载了鸡头米主湿痹、腰脊膝痛，补中除暴疾，益精气，强志，令耳目聪明。可见，鸡头米确实是个宝。

吃鸡头米，煮、炖、炒皆可，最常见的是煮粥。

鸡头米煮粥，做成“芡实粥”，古代医书也有很多记载。明代李时珍《本草纲目》说芡实粥可以固精气、明耳目；加粳米作粥食用，则可“益精强志，聪耳明目，通血脉和五脏”，使人有“好颜色”。《食鉴本草》《汤液本草》《随息居饮食谱》等，亦有相关记载。经常吃芡实粥，确实有不少好处。

桂花鸡头米

做芡实粥，要先将剥好的鸡头米煮熟，晒干备用。配合适量的山药、莲子、红枣等同煮，则效果更好。

除了芡实粥，鸡头米还可以制成各种糕点、糖果等。苏东坡就是芡实糕点的一位“忠实粉丝”。据说，苏东坡和几个朋友去登山，到山顶的时候，突然下起了大雨。他们只能在一家小客店里避雨，客店老板为他们准备了一道芡实糕点。苏东坡第一次尝到这种美味，深深被它的口感吸引。自此以后，苏东坡对鸡头米情有独钟。

老苏州也爱将鸡头米和鲜虾、白果、百合或芹菜等清鲜之物清炒。鸡头米清炒鲜虾仁、鸡头米炒菱藕、时蔬鸡头米等一上桌，总是大受欢迎。

手工剥鸡头米

鸡头米贵在手工剥。采回来的鸡头，先掰开取粒，再戴上专业的“铁指甲”去壳。去壳时要注意不损坏鸡头米的外层薄膜，因此手剥这一步非常费工夫，一个熟练工剥出一斤鲜鸡头米差不多要花上两个小时。机器剥的鸡头米也十分常见。但两者区别明显：手工剥的鸡头米呈鹅黄色，表面完整，外观圆润、饱满；机剥的则偏白，坑坑洼洼，表面无光泽。

鸡头米

以前，鸡头米是官宦人家才得消受之物。《红楼梦》里写贾宝玉送史湘云吃食，“袭人听说，便端过两个小掐丝盒子来。先揭开一个，里面装的是红菱、鸡头两样鲜果”。此处“鸡头”，就是鸡头米。旧时，小姐、太太们吃下午茶也有一道时令点心必吃：桂花鸡头米甜汤。在冰糖开水里简单焯过的鸡头米，配上干桂花，香糯爽滑。该道点心做法简单，却胜在清鲜。

如何选到好的鸡头米？老苏州有自己的诀窍：看产地。苏州就是知名的鸡头米产地，有着数百年种植历史。“君到姑苏见，人家尽枕河”，雨量充沛、河荡密布、气候温和的苏州，几乎是为水生动植物特意准备的。从鸡头米、茭白、荸荠、莼菜、莲藕、水芹、慈姑、菱角等江南“水八仙”，到鲜虾、塘鳢鱼、大闸蟹，美味几乎都在水里。清人沈朝初曾赞叹：“苏州好，葑水种鸡头。莹润每疑珠十斛，柔香偏爱乳盈瓯。细剥小庭幽。”

苏州鸡头米的主要产区在吴中，角直、横泾、临湖、东山、胥口、光福、金庭等地均有大量种植。这些地方出产的鸡头米籽粒浑圆饱满，颜色米黄，肉质细腻，生食清香淡雅、甜润爽口，煮后清香淡雅、软糯回甜，堪称佳品。

其中，吴中鸡头米是经过官方认证的国家地理标志农产品。2013 年国家极地科研选用产品，并连续 6 年登上雪龙号极地科考船。2021 年，包括鸡头米在内的水八仙种植系统被列入江苏省重要农业文化遗产名单。据相

种植鸡头米

关数据统计，2022 年吴中鸡头米鲜米年总产量超过 600 吨，产值超过 1.8 亿元。苏州吴中现代农业园鸡头米种植基地的农户，亩均收入超 1 万元。

苏州市吴中区澄湖水八仙水生蔬菜行业协会会长王全龙介绍：“澄湖地区土层深厚、肥沃而黏重，极适合水生植物生长。”为指导农民种植，协会成立了农业指

鸡头米礼盒装

导站，与扬州大学、苏州市蔬菜研究所合作，培育改良鸡头米种质，制定推广产业化标准，出台无公害化操作规程，对药肥实行全程监控。王全龙还介绍，由苏州市农科院水生蔬菜研究所与澄湖现代科技生态农业发展有限公司联合培育试验的新品鸡头米，已经取得了成功。新品鸡头米不仅鲜米颗粒比常规品种大了三分之一，而且保持了吴中鸡头米特有的口感与味道。

每一年，或许每一个苏州人都和我一样，期待着鸡头米。

太湖爊鹅

夏天吃鹅是苏州人的习俗，大街小巷，卖盐水鹅、爊鹅的比比皆是。菜场里现杀的鲜鹅，自己买回去红烧也是苏州人的一大喜好。而可以肯定地说，所有的鹅中，只有真正的太湖鹅，才能吃出真正的苏州味道来。

太湖鹅是鹅中极品。有人说，用一群太湖鹅，能换王羲之的一幅墨宝。不信你看《晋书》里的记载，有个道士，用一群太湖鹅换了王羲之亲手抄录的《道德经》，真是太值了。

王羲之喜欢鹅，是众所周知的。但换鹅一事似乎并非那么简单。据《宋书》记载，东晋成帝在位时，有鹅现身于钱塘，被人捉住，专程进献入宫廷，可见鹅在当时还很稀罕。而据考证，说的就是太湖鹅。东晋大将军刘毅年轻时，向司徒右长史庾悦要块鹅肉吃，庾悦死活不给，两个大老爷们自此竟结下了梁子。

苏轼曾说过，“钱塘人喜杀，日屠百鹅”，说明那时鹅的数量并不少。即便考虑到文人笔法的夸张，一天杀不到 100 只而只杀了二三十只，数量也是不少的。况且，政府还曾因民间杀鹅过多而下令禁止，此事记载在《建炎以来系年要录》里：“民间竞食鸡、鹅、鱼、虾

爊鹅菜品

之属，害命多过百倍，可令断三日，生命微物，悉禁之。”

到了明朝，太湖鹅依然值钱，鹅肉还高居名贵食品排行榜前列。清朝著名诗人王士祯的老父亲，曾任明朝御史，卸任归休后，某巡按故旧登门拜访。王老太爷盛情款待，安排饭菜，桌上就上来一盘鹅，但却是只“假鹅”——把鹅脑袋和鹅屁股切了，用鸡脑袋和鸡屁股代替。这个小伎俩是非常必要的，因为当时吃鹅肉实在是太奢侈了，堂而皇之地把一整只太湖鹅端到饭桌上，传出去会影响声誉。

可见，历史上太湖鹅早有名声。清代张宗法的《三农记》中有“虽陶朱致富有鹅，亦取水养之利”的记载。甚至日本的文献也记载有“日本雄略天皇时，吴鹅已输入日本，称之谓唐鹅”。这说明1000多年前，太湖鹅已声名在外了。

现如今，太湖鹅是苏州“国宝级”的禽种，被列入国家畜禽遗传资源保护名录。十几二十年前，太湖鹅一度在苏州周边的农户中广泛养殖，太湖流域白鹅戏水成为[illegible]景。但是太湖鹅生长慢、商品性差的特点，使得一些农户失去了饲养积极性。

云兰牛奶公司董事长陆火林，对太湖鹅情有独钟。2007年，他以太湖边独有的800只鹅为种群，与中国农业科学院家禽研究所、苏州市畜牧兽医局一起承担了“太湖鹅选育与产业化开发”项目，并在太湖金庭镇西山岛成立了乡韵太湖鹅有限公司，建起了近200亩的保护场和扩繁场。

从此，在太湖西山岛水天相连的地方，白鹅群越来越壮观，太湖鹅的风采活脱毕现。太湖鹅种群留住了，但目前真正吃到太湖鹅，还是很难的。太湖鹅数量有限，并不进入市场，仅仅是限量宰杀，由大师采用12味中药、以养生工艺烹饪制作而成——太湖爊鹅，还需预定。

太湖鹅的生态养殖，为鹅群的生长、繁殖提供了理想的自然生态环境，因而太湖鹅的鹅肉，是理想的绿色

太湖爊鹅礼品装

食品，营养丰富。太湖鹅的菜肴也是丰富多样的，有栗子太湖鹅、红烧老鹅、鹅肠汤、鹅血汤、醋蛋等。

陆火林，这位跟畜禽养殖打了几十年交道的总经理说，太湖鹅的第一个优点是耐粗食。近200亩地，大部分是用来种草的，这些草就是太湖鹅的主食。除了草，

太湖鹅群（一）

只要适当喂点玉米、大麦、豆粕给它们就可以了，好养得很。

第二个优点是产蛋多——出生半年后就可产蛋。陆火林说，从 10 月起到第二年 6 月的 200 多天时间里，一只太湖鹅母鹅可产 70 来个蛋，是鹅品类中产蛋能力

太湖鹅群（二）

最强的。一般的鹅，这段时间里只能生下三四十个蛋，甚至只有20多个的。

说起太湖鹅的肉质，陆火林也是颇为自豪的。太湖鹅肉质细嫩鲜美，一个最好的例子是用来做盐水鹅，根

太湖鹅群（三）

本不用加味精和其他作料，味道就鲜得不得了，而且很香。西山这里环境优美，周边没有工厂污染源，太湖鹅又是优良品种，这样的鹅肉，被称为“绿色食品之王”。此外，鹅蛋也是很有营养的食品。

太湖鹅群（四）

鹅好，蛋好，源于天然。于是有了到太湖边去看太湖鹅的特色旅游活动。这“绿色风”让大家重新看到了渐行渐远的苏州一绝。看吧，在太湖金庭镇西山岛，那一片水草丰美的湖水中，杳无人迹，一群群白鹅酣畅淋漓地扑腾着，它们与湖水、蓝天、白云融合在一起。而一颗颗鹅蛋，就在这静谧中孕育出来。你说，这是美感还是美味？

后 记

《品味苏州》一书，原不在我的计划之中。而是远方一位战友在看了我朋友圈发的宣传苏州饮食的各种资料后，给我提出的点子："何不做一本《品味苏州》的书呢？苏州不仅仅是苏州人的苏州，苏州是中国的苏州，世界的苏州。依次类推，还可以做个系列，如《工艺苏州》《水乡苏州》《园林苏州》等等。"一语惊醒梦中人，我着实为这位战友的点子和视野叫好。顺着这个逻辑做下去，我要做的事还有很多……可以这么说，没有我这位战友的点子，是没有《品味苏州》这本书的。

《品味苏州》中的文章，大都比较短小，内容还引用了厂家、商家提供的资料和图片。因而这本书看上去基本是一种"快餐"——快餐是一种让人吃饱的饮食，似乎是不担负让人吃好的义务的。但我不这样认为。如果一定要寻找一个餐饮服务行业的比喻的话，这样的文章更像是自助餐，让外地来苏旅游和欲想了解苏州的人们，有一本便捷、直观的工具书，这就是《品味苏州》的本意。

许多朋友说，海明再怎么变，本质上还是个读书人。是啊，读书人有读书人的性格，好坏都有，好的性格大抵是继承了好的传统——好学深思、忧国忧民，洁身自好、自重自尊，不慕名利、不贪权势，以天下为任、以苍生为念。我愿意做一个歌颂苏州美好的读书人。

苏州老字号协会会长储敏慧从头到尾一直关注着、帮助着、支持着《品味苏州》这本书的进程，付出了大量的心血。在此，感谢的话就不多说了。

朱海明

2023 年 12 月 5 日